ステキな奥さん あはっ 2

伊藤理佐

朝日新聞出版

Contents

Part 1 妻なアタシ

Part 2 母なアタシ

Part 3 私なアタシ

装幀：弾デザイン事務所（渋澤弾、田島智子）

ヨシダサン
ダンナサン
おとうさん
漫画家
51歳〜53歳
吉田戦車

アタシ
45歳〜47歳
ムスメ
4歳〜7歳

Part 1

妻なアタシ

ドキドキ、貼り紙ライフ

近所のパン屋さんの入り口に貼《は》り紙があるのが遠くから見えた。（ああっ、もしかして……）。近寄ってみたらやっぱり。閉店のお知らせ、というか、すでに閉店、今までありがとうございました的な。ガーン。

　このように、貼り紙ってさみしいことが多い。貼り紙を見るとドキッとする。「店主急病の為」とか、くわしく病名が書いてあったり、交通事故で代理の人が書いていたり、そこにお客さんがメッセージ書きこんでいたり。電信柱の「猫さがしています」もさみしいし、ひとんちの「チラシお断り」系もちょっとさみしい。友人の家の近くで、ポストに「リビング、入れないでください」という貼り紙があって、「？？」となったんだけど、それは地域の新聞形式の無料情報紙で、友人が「リビングって名前なの」だって。なるほど。

里子さん
・戸を必ず閉めること
・閉めたと思っても
もう一度確認すること
※仮名です…
知人の住む
古民家の物置きに
残っていた張り紙…
たぶん姑さんが嫁に…
みて〜
わあ

そういえば。

家の中に貼り紙があった。台所にペトッと貼ってあった。縦書き。

「ガスも大切な資源です」

ヨシダサンの字。

訳：「やかんにお湯が残っているということはどういうことだろうか？ 沸かしたお湯はポットに入れる、もしくは最初から水量を考えたらよいのに」という、和歌《わか》の解説みたいなメッセージが込められていた。もひとつ、カン・ビンのゴミ入れの上に、

「水を切ること！」

とあった。縦書き。

訳：「カン・ビンにカビが生えるとはどういうことであらうか？ アナタがちゃんとしてくれればよいというのに」と、これまた百人一首みたいな。いつのまにか剥《は》がされたが、もう大丈夫ということだらうか。そして最近、トイレのドアに貼り紙が。ビクッとした。横書き。

「トイレのドアはしめましょう！ とらがドアのすきまからもぐってトイレットペーパーをぼろぼろにします！ だからドアはしめましょう！」

「とら」は新しく来た猫の名前。**ヘタッちょ**なムスメの字だった。わはは。わたしは、これからどんな貼り紙をいくつ見ることになるだろう。「おばあちゃん、みんなのお饅頭《まんじゅう》食べないで！」とかだといい感じだ。

トラの大好物

これは
朝日新聞にのっている連載です。
『オトナになった女子たちへ』というタイトルで益田ミリさんとコウタイで…
二週間に一回で…
さて、新入りのトラが
こちらマツリ
ずしゃーっ
掲載紙
新聞が好きです…
まぁ、ネコはみんな好きでさ…
書いている人より先に…
ああっ
こらーっ
ビリビリ
ムシャムシャ
ビリ
読みます…じゃなくて、食べます…

鬼はおまえじゃ!

コ

コロが狭い。狭すぎて、自分でもびっくりして時々発表してしまう。
次のように狭いのです……。

ある日、大きい本屋さんの絵本コーナーで、絵本の間に「空き箱」が挟んであるのを見つけた。ティッシュケースがちょっと縮んだようなサイズで包装紙が貼《は》ってある。それがなんだか、すぐわかった。絵本が倒れないように、でもギュウギュウにならないように、本の間に置いてあるのだった。子供が取りだしやすい。棚ごとにテーマが決まっていて余ったところを箱でうめてあるので探しやすい。「箱」の余白が気持ちいい。

「これ、いいなあ!」と思った。よく見ると他の棚にもいろんなサイズの箱があって、どうも何人かの店員さんで手分けして作ったものっぽい。巻いてある包装紙が、わざわざ買って来たんじゃない、いただきもののお菓子の紙をとっておいた感じの模様で、なんだか友人の靴下の繕《つくろ》った穴を見た時のような、そういう優しいテイネイな生活にアコガレル……ような、甘い気持ちになった。

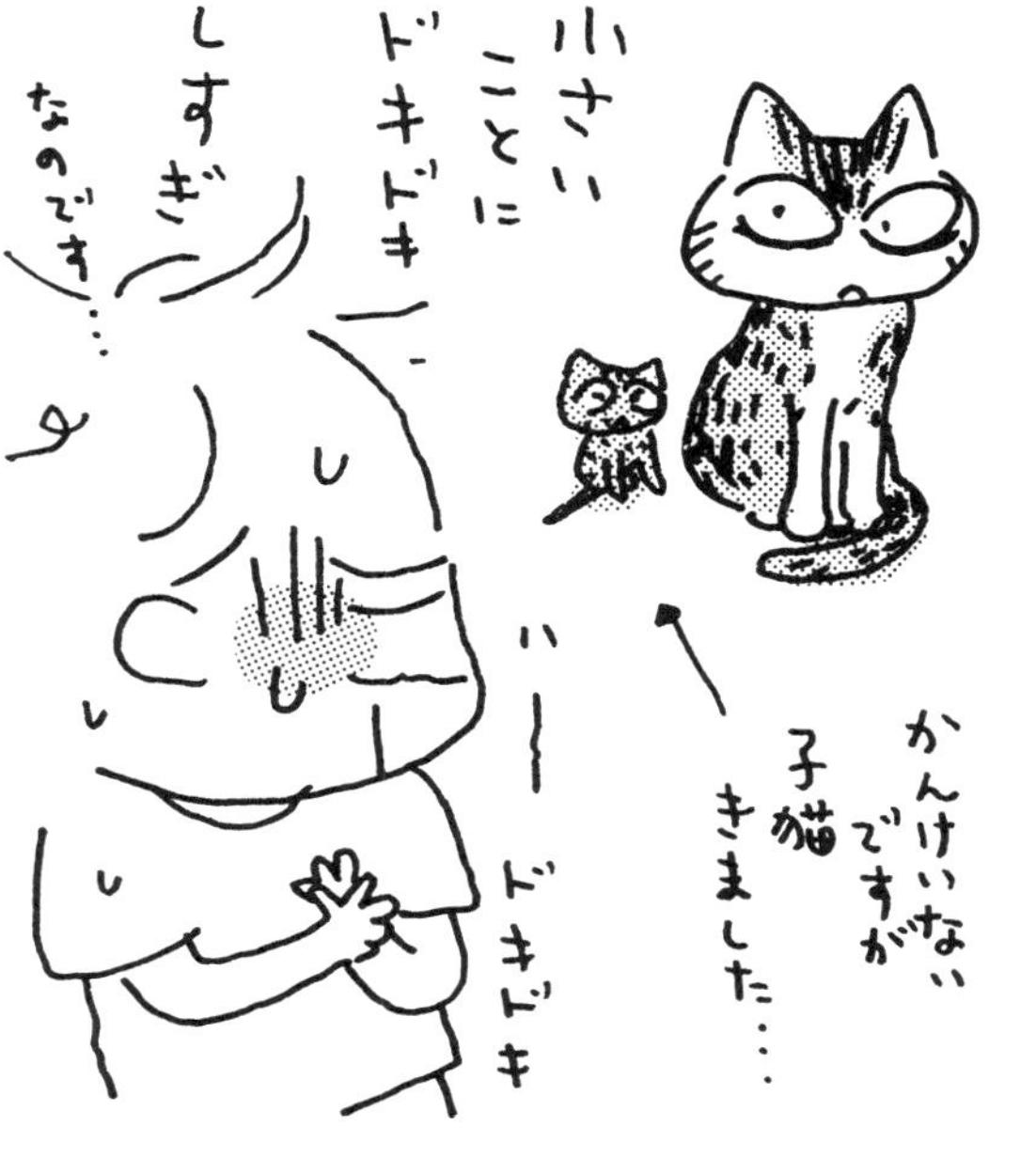
小さいことにドキドキしすぎなのです……
かんけいないですが子猫きました……
ハーー　ドキドキ

その中に、茶色い布を巻いて、真ん中に布のヒラヒラレースを一周巻いたちょっと豪華めな箱があった。ああ、なんと、ここで心の狭いわたしが登場してしまう。そして、

「これは、なんだか好きじゃない。

と、思ってしまうのだった。布じゃないんじゃないかな、レースいらん……とか、考えている。これを作った店員さんはぜんぜん悪くない。「天使が店員さんで、鬼はお前じゃ！」と自分でも思う。

でも、あんまり好きじゃないのだ……。分かれ道に立っているような気分。

震災のあと、いろんな応援ソングというのだろうか、応援歌をたくさん聞いた。作った人のやさしい気持ち、いたわりの言葉、歌っている人の思い、聞いている人の涙……。誰もぜんぜんちっとも悪くない。でも、

「これは　なんだか好きじゃない……」

と思う歌がある。分かれ道の狭いほうに行く気分。

「リササンは狭いなあ！」

と、横のダンナサンに笑われる。それがちょっと救いです。今日も元気に？　狭いです……。

バリカン朝活してみたら

朝

一番で、ヨシダサンからバリカンの予約申し込みがあった。

「そろそろお願いします」。

詳しくは「ボク、夏は短髪で暮らしたいのですが、床屋に行くのが面倒でバリカンを購入しました。おもしろがってアナタは先日、風呂場で刈ってくれましたよね？　自分で刈るよりラクチンでした。それをまたやっていただきたいのです」という**下から目線**な？　申し込みだ。

朝、申し込みを受け付けて、夕方のお風呂前に刈るのが常だ。常というのは、5歳のムスメがそうしているのでそんな感じなのだった。お風呂に入れたほうが髪の毛の片付けがラクチンなのだ。ムスメには、朝、「今日切るからね～」と予告して夕方切る。「大きくなったら伸ばそうね」とテキトウを言って短く切っちゃう。短いのが似合っている。

自分で言っちゃいますが、わたしの腕も上がってきている。なんか家族のヘアスタイルの実権をわたしが握っている感じだ。いい気分でもあり、プレッシャーでもある。

"夜"もある…
夜に洗たく!!
あぁっなんかシンセンなキモ4……!!
朝がラク!!
さりきんはずっと朝だった…

そして今日は夕方、用事があった。実はきのうも夕方が締め切りで、バリカンをお断りしていたのだ。実権を握っているのになんだか申し訳ない……と、ふと「今、やっちゃう?」と言ってしまった。「え? ほんとに? 助かります!」。朝7時だった。

しかし、言ったとたんパアッと気持ちが良かった。朝ってだけなのに、やったことない行事のようにワクワクとした。そして、やってみたら本当に気持ちが良かった。ひと仕事終わった感じ。去っていく責任感。

いや～、朝、すごい。「朝やるっていいな」となった。そして、「他にもやって気持ちいいことあるかな」と思った。2秒後くらいに「あ、もっとすごいなにかを誰かやってるな」と気づいた。

インターネットで調べるとやっぱり誰かが色々やっていた。名前もあって「朝活《あさかつ》」だって。東京・六本木でセミナー行ってから会社、海に行ってから会社、お寺で座禅してから会社、水族館で魚を見ながらヨガしてから会社……。

バリカンしてから2階で仕事……。

ま、負けた。

心の中に「許したってぇ〜」サン

いつ、わたしのところへやってきたのか。それともずっと前からわたしの心の中に住んでいたのか。最近、頭の中で聞こえるようになった「もう、許したってぇ〜」の声。

この「もう、許したってぇ〜」サン（たぶん関西の人）は、例えば、もう一回分も出ない感じの歯磨き粉チューブをグイグイ絞っている時にやってくる。ギュウウ……とやっていると、「も、もう、許したってぇ〜」と現れる。「いやいや、まだまだ」と、ハサミでチューブの真ん中を切ってハブラシをゴシゴシ突っ込むと、「ゆ、許したってぇ〜」とさっきよりせつない声を出す。

昨日の鍋に使った、もう汁は出ません状態の痩《や》せた柚子《ゆず》を握る時、ずっと逆さまに置かれているゴマ油の瓶《びん》を振る時、最近太ってはけなくなったズボンに足をキューッと入れている時などなどに登場する。

ところで、うちのダンナサンは仕事場の本棚にレトルトカレーを置いている。箱に入っているグリーンカレーや欧風カレーなどを立てて、まるで本のように並べているのだが、常に5冊……いや、5箱くらい常備している。

これねこなども
使いますよね…
もう許したってぇ
ああああ
ミャ〜ナッ
ニャーッ
なでなでなでなで

そのカレーを時々ちょうだいしに参上するわたし。忙しい時に食べてもいいよ、と許可が出ているのだ。部屋が暗いので、その5箱くらいをバッと持って明るい台所にいく。どのカレーにしようか迷うためなのだけど、その中にもう、それは必ず、絶対「荒野の用心棒」のＤＶＤがまじってしまうのだった。

自分のしたことながら毎回びっくりする。カレーと思って「荒野の用心棒」ってすごいんです。ダンナサンが大好きなカレーと大好きな**「荒野の用心棒」**を並べているせいなのだが、このＤＶＤ、箱の表紙のデザインが黄色でカレーっぽい。シンクの上の用心棒が、「あ、あの〜、まさか、またカレーと間違えたんですか？」と、あきれている。

「す、すみません」と言うと、表紙のクリント・イーストウッドが「……もう、許したってぇ」とたばこをくわえたまま言った。わたしには聞こえた。

うっかり感動した。

知れば知ったで…

「ティン、ティン、ティン」と鳴く**カネタタキ**という虫がいるのだった。よくいる。庭にいる。名前のとおり、鉦《かね》をたたいているような音を出して、小さい鉦っぽいけどキレイなのだった。

ヨシダサンがカネタタキのファンで「ティン、ティン、ティン」が始まると、よく耳を澄ましている。「ティン」が聞こえると、「いるよ～」と教えにいく。つられて自分も好きになった。

ある日、「ティン、ティン、ティン」が家の中から聞こえてきた。どこからどうやって入ってきたのか、間違えて台所にいるらしい。「家の中にいるよ～」と教えにいった。フッと見ると、灰色の小さな虫が椅子《いす》にとまっていた。「あっ、カネタタキだ」とやってきたヨシダサンが外に出すため捕まえようとした。「えっ？」。わたしはその地味さにくぎ付けになった。逃げる姿は幼虫……というかヤゴっぽい。もっとこう、なんというのか、鈴虫《すずむし》みたいな羽のある、もう少し大きい虫だと思っていた自分。

ヨシダサンは実物は初めて見るけど、画像はネットで検索済みのようで

こんなフツーーのものなのですが
貝
ん？
『変てこ』に見えてくるからフシギ…

「そうなんだよ、地味なんだよ〜」と庭に逃がした。うれしそうだ。

わたしってこういうことが多いんだよなあ。好きなのに知らない。調べない。そういうとこダメだよな〜と仕事をサボっていると、机の上に、先日「かわいいよな〜」と買ったネックレスが置きっぱなしになっていた。まだ値札がついていて、こういうとこもだらしないよなあ〜と反省しながらはずそうとしたら、手書きで「BIZARRE」とあった。ネックレスの名前のようだ。おーし、さっそく！　と立ちあがり、辞書で調べてみた。

そうそう、やっぱ、こういうことしていかないといかん！　変わった自分を想像しながら2分後、「えっ？」。カネタタキを見た時と同じ目になってしまった。意味は「変な」「変てこな」「奇抜な」……だった。

目をつむってみた。「お似合いですよ」なんて言われなかったか？　言われたような気がする。知るということはこのように大事なのだな。

いつもより長くうなってみた。

ちゃんとしてて、つまらない

公園のベンチに座ってパンを食べるとハトが来るように、幼稚園児の弁当を作るとヨシダサンが来るようになった。うしろに立っている。クルッとふりむくと「おさるのジョージ」の絵のついた弁当箱をもっている。うちで一番小さいお弁当箱……というより、デザート用タッパーというか、幼稚園児でもダイエット中の女子高校生でもこの小ささはないな、というサイズに「くださいなくださいな」的ハトな仕草《しぐさ》で、卵焼きのはしっこや、ムスメが残したシャケやらカボチャの煮たのを残ったお米の上に雑に詰めている。仕事部屋でおやつがわりに食べるのだそうだ。米の粒が大きく見えてミニチュアみたい。

「なんか、かわいい」

というと、

「そうだろうそうだろう、実はこの弁当を写真で今風にツイッターにアップしたら『かわいい』と評判なのだ」

とイバリ顔。特に、飲み仲間の女性Hさんにうけているらしい。

ねーねー
『おさるのジョージ』って
すごくいいタイトルじゃない?!
サル…じゃなくて
『おさる』だよ
!?
そ、そこ?
ジョージのたべてたのは
「うどん」の時代の人
スパゲティでなく…
アニメ大好き

「わはは。あしたHさんと歌舞伎にいくよ、この弁当もっていこうか?」と冗談で言ったら、次の日、小さなハンカチでしばられた弁当がコトンとひとつ用意されていた。Hさんのをつくるのはアレなので、これはわたしのぶんらしい。見せてこい、ということらしい。Hさんは思ったより喜んだ。ご飯休憩時間にわたしの弁当にアイフォーンを構えた。パカッとした瞬間、

「あ〜……」と、残念そうなHさん。

「あ〜…、やっぱり……」と、わたしも。だって、それは立派な鶏そぼろ弁当で。

「ちゃ、ちゃんとつくっちゃったね……」

ミニチュア感を出していた米粒が、そぼろたっぷりで見えていない。そぼろには手間感があって残り物感ゼロ。「喜ばしたい」が入っているのに「できることをできるだけしない」がなくなってて、この「ちゃんとしててつまらない」って、なんだろう……。言いづらいなあ、と帰ったらヨシダサン、自分で気付いていた。

「次回はがんばらないよう、がんばります」

玄関で敬礼しあいっこしてしまった。

「帰る人」が好き

ムスメがまだ赤ん坊のころ。実家に帰る。嬉《うれ》しそうな父と母。ところが、帰る時も同じレベルで嬉しそうなのだった。駅まで送ってもらうために妹の車に乗り込んだわたしたちにニコニコブンブン手を振っている。妹も小学生男子をつれて車で県内の家に帰る。高速に乗る前に、東京行きのわたしたちを途中、駅で降ろしてくれるのだ。つまり、父と母は何日かぶりの2人暮らしに戻るのだ。「あのさあ……」と車の窓をジャーッと下げて一句。

来た時と
同じくらい嬉しい
帰る孫

ってか？　字余り。と言ったら父と母は手をたたいて笑った。当たっているのだ。そりゃ、孫はかわいいけどさ、帰ったらテレビ見ながらゆっくりコーヒー飲めるし、的な。わたしは窓をジャーッと閉めてうなずいた。よーく、わかるのだ。わたしも「帰る人」が好きだ。若い時からそうだ。友人でも、付き合っている人でも、帰ったらさみしい……なんてなかった。帰ったらさ

ひとりでいるくらいなら、キライな人といっしょにいるほうがマシ。
と、いう人がいたなあ……
美女
ほ、ほんとーー？
いろいろだなあ……

みしいフリはしたことあるけど「さみしい」より「ホッとする」ほうが圧勝なのだった。パタン、とドアを閉めて、ガチャッと鍵をかけたあとの部屋が好きだった。

今年のお正月はヨシダサンの岩手の実家に帰った。そこにも「来た時と同じくらい嬉しそうな父と母」がいた。新幹線の改札口でニコニコブンブン手を振っている。なんか帰ることでもっと好かれているような気がする。

思った。「いや〜『帰る人』が好きって幸せなことだなあ」と。逆だったらたいへんそうだなあ。「帰らないでっ」って思うのも、思われるのも疲れそうだなあ……。

だって「帰る人」なわたしも、ヨシダサンとムスメと3人になって、まだ家でもない新幹線の中なのにホッとしているのだった。ああ、自分の家族、今このメンバーなんだなあ、とシミジミした。

あれ？　でも、ヨシダサンとムスメが2人ででかけて、ひとりで家にいる時も同じくらいホッとするんだった。さみしいフリはするけど。ガラガラガラッと今は引き戸だけど。……。不思議だ。

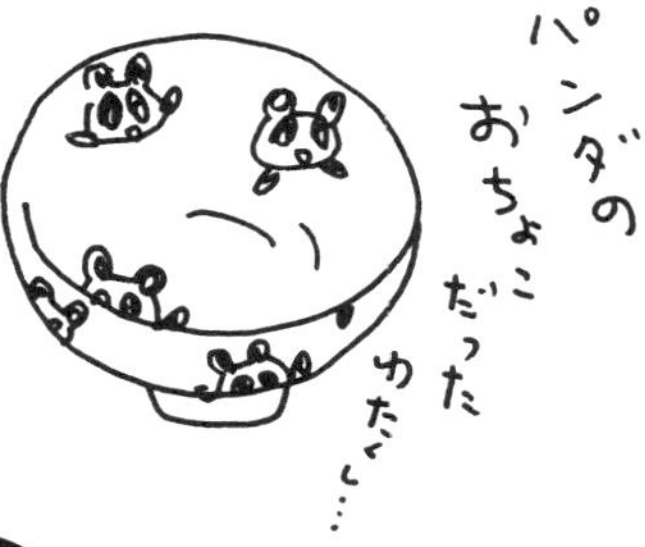

若い女主《アルジ》と7人の常連

ダンナサンとふらっと入った小さなカウンターだけの店で「おっ」となった。

おでんや煮込み中心の和風の店なのに、**若い女主《おんなあるじ》**。たぶん30代。「ハイジ」の発音で「アルジ」と呼びたくなるような素朴なカワイイ顔。モテそうだ。

お客さんの出たり入ったりがあって、ふと気付くと、わたしたちの他は、7人の男が1人ずつ、になった。1人客の男×7人。急に静かになった。日本酒の「ゴクリ」が、聞こえてしまいそうだ。わかりやすく、7人のお兄さんおじさんたちは、常連だった。

みんながアルジにポツリポツリと声をかける。「煮込みひとつ」「ポテトサラダ」「お燗《かん》おねがいします」。他のお客さんとはからまない。注文オンリー。上手な餅《もち》つきみたいで少しかっこいい。注文がセリフみたいで、薄暗いお店の中が映画のセットに見えてきた。7人の常連。なんちゃって。ゴクリ。

その空気をブッこわしたのは奥から2番目だった。「そういえば、年賀状

おいしいツマミと
おいしいお酒、
そして目の前のカワイイ女子を
くどかなくていい安心感、
イキなオレも
手に入るしね!!
いい店だー
うーん
ひっく

ありがとう」と、メニュー以外を言った。空気が変わった。「キル・ビル」の曲が聞こえたのは錯覚だったが「み、みなさんに出していないのかしら？」と、ゴクリゴクリなわたし。と、左の3番目が「こんなにメニュー増やして大丈夫？」なんてアルジいたわり発言。俺ァ、今までのメニュー知ってるぜ方面。そこから「ビールに戻そうかな。ビール」と変化球な人、「焼きおにぎり」と時間のかかりそうな注文の人、うわわわ。

その時、ガラッと「今日は飲まないけど、近くまで来たから」男が登場。プレゼントもってる。「おちょこ。いい感じのがあったから。店で使って」と、出て行った。シーーーン……。見ると、店のおちょこは色んなデザインだ。

男の数だ。違うか。ゴ、ゴクリ！

「お、お勘定」

ダンナサンが手を挙げた。ギブアップに見えたが、ギブアップだった。店を出て道を曲がったところで、フハーーー！　と息吐いて、一緒にバラバラに、

「俺たち何も」

「しゃべってない！」

と、言った。同じ感想でホッとした。

現金ゆえに、ゲンキン

台所の照明を最新型に変えたら、やたら便利なのだった。タイマーもついてて、あかりの種類が色々、蛍光灯、電球、食卓、図書館。リモコンでピッ、だ。天井に張り付いているので台所が広く見える。

「コレと似たようなのを全室につけたい！　特に俺の仕事部屋！　変えたい！」

　と、張り切ったのはヨシダサンだった。仕事部屋は和室、昔からある蛍光灯の紐《ひも》のヤツで、天井から黒い電気コードで吊《つる》されている。他の畳の部屋も全部そんな感じ。以前、この家にひとり暮らししていたお茶の先生セレクトで、計算すると30年くらい前のモノ。一階の8畳と6畳のホオズキみたいな形の照明がカッコイイ。の、だが、

「昔の吊り下がってるのは、地震の時危ない」

　とヨシダサン。それ、あるかも。「照明のショールームが近所にあるよ」

と知り合いに聞いて、バスで出かけた。お目当ての最新の照明をみたあと、ふと、奥に見慣れたヤツがいた。

「あ！　うちのとおんなじ！」

ムスメが指さす。８畳と６畳のホオズキみたいなやつだ。最新のＬＥＤ電球になっていたけど、まったく同じ形。ぶら下がっている。

「へぇ～、家の、このメーカーだったんだね、うっ……！」

　うっ……！　と言ったのはわたしだ。すぐにヨシダサンも、うっ……！　と言った。値段が見えたからだ。**７万６千円**。え？　うちの、あの、捨てようとしているやつ、７万６千円×２？　そ、そんないいヤツだったの？　ひるんだ。買おうとしていたのは４万円くらい。バスに乗って帰ることにした吉田家一家……。

　新しくすることや便利になることに目がくらんで、今、ある、すごくいいものを捨てようとしていないか。変えることが、新しいことが、いいことか？　地震の時危ないって、ほんとか？　これってさ、憲法９条改正問題と似てない？　と、バスに揺られる。気分はドナドナ、顔が歪《ゆが》む。

でもさ、わたしたち、値段見て気づいたよね、現金ゆえに、ゲンキンだな、あかりを買いに行ったのに暗くなってるってどうよ、と話して、もう笑ってしまった。

初めての主張!

※2匹とも、よそのお宅からいただいてきました

ポパイの缶詰って、人生の分かれ道

朝、ホウレンソウのおひたしをソッと残しているムスメに、

「ホウレンソウ食べると、モリモリ元気になるから食べなさい」

と言ったあとに、当然、「ポパイ」のことを思い出した。ポパイ。なんか久しぶりだ。ホウレンソウの缶詰を握りつぶして、ビョーンと飛ばして、モグモグ、のアレだ。


しかし、なんだかなあ、「ホウレンソウの缶詰」っておいしくなさそうだよなあ。子供のわたしは「アメリカにはあるんだろうな」くらいに思っていて、脳内の「外国」っていうでかい籠《かご》に入れっぱなしで、ある意味、理解したまま。つまり、なんにも考えてない……。となりのヨシダサンになんとなく、ねえねえ、

「ポパイのホウレンソウの缶詰って、不思議に思った?」

と、聞いてみた。返ってきた答えは、以下の通りである。正確に記する。

「もちろん不思議に思った。軍隊の食べ物だと感じた。ビタミンの摂取《せっしゅ》は軍の存続にも大きな影響あるし、缶詰は保存がきく。味はどうであれ、必需品

だったのでは。ソウルフードで青菜《あおな》をクタクタに煮て肉に添える、みたいな食べ方があって、その青菜をカラードグリーンというらしいが、それのたぐいじゃないだろうか。どうだろう」

……汗、出た。一緒に暮らしている人が、ポパイの缶詰に対してこんな長い意見を持っていたなんて。同じ家の中にこんな考えがあったなんて。

し、知らなんだ。たった「ポパイの缶詰」だけでこんなに違う。子供の時、ホウレンソウの缶詰のことを不思議に思ったら、わたしの人生、少し違ったんじゃないか……？

ああ、人間てさ、「あの時、あちら（こちら）だったら人生が変わっていた」と思うことがある。「あの飛行機に乗っていたら」とか「あの時声をかけたから」なんてドラマチック方面や、進学や就職、転居、失恋、結婚……と、大きな出来事にそう思いがちだけれど、人生の分かれ道って、ポパイの缶詰を不思議に思うこと、こういう小さなことかもしれないなあ。

ムスメはおひたしを食べた。

お墓参りで門がパカッ

この夏、家族の３人旅行で、九州に行くことを決めた。わずかなことであるけれど支援……的な気持ちがあって、はじめ行き先は熊本だったけど、そういえば母が九州女だった、長崎、佐賀だった（引っ越した）、おじいちゃんおばあちゃんひいおじいちゃんひいおばあちゃん……ご先祖様の古いお墓がある、そういえばわたし、おばあちゃんが死んでからお墓参りしていない、そこは佐賀の武雄《たけお》温泉だ、と、なり、「温泉付き墓参りin武雄」となった。そうなると、おじさん夫婦のいる隣町の実家に顔を出すのか？などと、今は長野の女となった母に連絡すると「一緒に出かけていい？」となって、急に４人旅になった。

びっくりした。

実は「母が泊まりで出かける」というのは、伊藤家では大事件なのだ。腰痛がひどい母本人が家を出たがらないし、おばあちゃん94歳と同居しているし、お父さん、料理できない人。しかし、そこはみんな古い人間、「お墓参り」となると、門がパカッと開いたように、母は家を出てきた。

母は長野から陸路で、ムスメ家族は東京から飛行機で。素泊まりの宿で合流した時、母がわたしに抱き着いてきた。**「ハグ」**というヤツだ。

びっくりした。

実は、伊藤家の人々は家族同士で抱き合ったりしない。特殊行為であり、大事件なのだ。母の背が低いので、抱かれてるのか抱いているのかわからなくなった。

『理佐』の『佐』は佐賀県の『佐』です…
っっっ
え!?『沙』の字が名前に使えない!?
昭和44年当時…
若い父
in 役所
じゃ、うちの母ちゃん佐賀県出身だから『佐』で
アセ

母の兄弟には連絡だけして、誰とも会わないお墓参りになった。というか、そうしてみた。母は今まで兄弟と参っていたし、いつも車で連れて行ってもらうので、場所がおぼろげ。地元の人に道を尋ねるというお墓参りの旅。レンタカー運転手はヨシダサン、私のムスメはおやつ係。しきりにグミをすすめてくる。

いい天気。坂を上った山の上にお墓があった。古い、変な言い方だがカッコイイお墓だった。なかなかお墓から離れられない母。待っているヨシダサンが始めたばかりのポケモンGOをしている。

「いや、いたら記念になると思って」だって。つい笑ってしまった。

こくか、否かが問題だ

年末の帰省の切符を取る季節になった。年末はヨシダサンの実家、岩手水沢《みずさわ》に帰省することにしているのだけど、わたしは思うのだが、岩手の父、母は、息子と一緒にヨメと孫が帰省して、本当に嬉《うれ》しいのだろうか。

「嬉しいよ！」と、ヨシダサン。

「嬉しいかな？」

「嬉しいさ！」

怒っている。帰省したくないのかヨ！　という目だ。

「ちがうちがう、だってさ、いつも二人で自由に生活しているのにさ、どやどやと大荷物で帰ってさ、お母さんが三食作ってさ、餅《もち》までついてさ、布団干してさ、お風呂の順番とかさ、孫にはお年玉、ノーリラックスっていうの？」

本当の気持ちだよ、心の底の、正直なさ……ほら、人間の、そういうのって誰にもあるじゃん！　とジェスチャーなわたし。ヨシダサンは「うーん……」と腕組みして、

「たしかに、リサがいる時は、オヤジはソファに寝転んで屁《へ》をこいたりはし

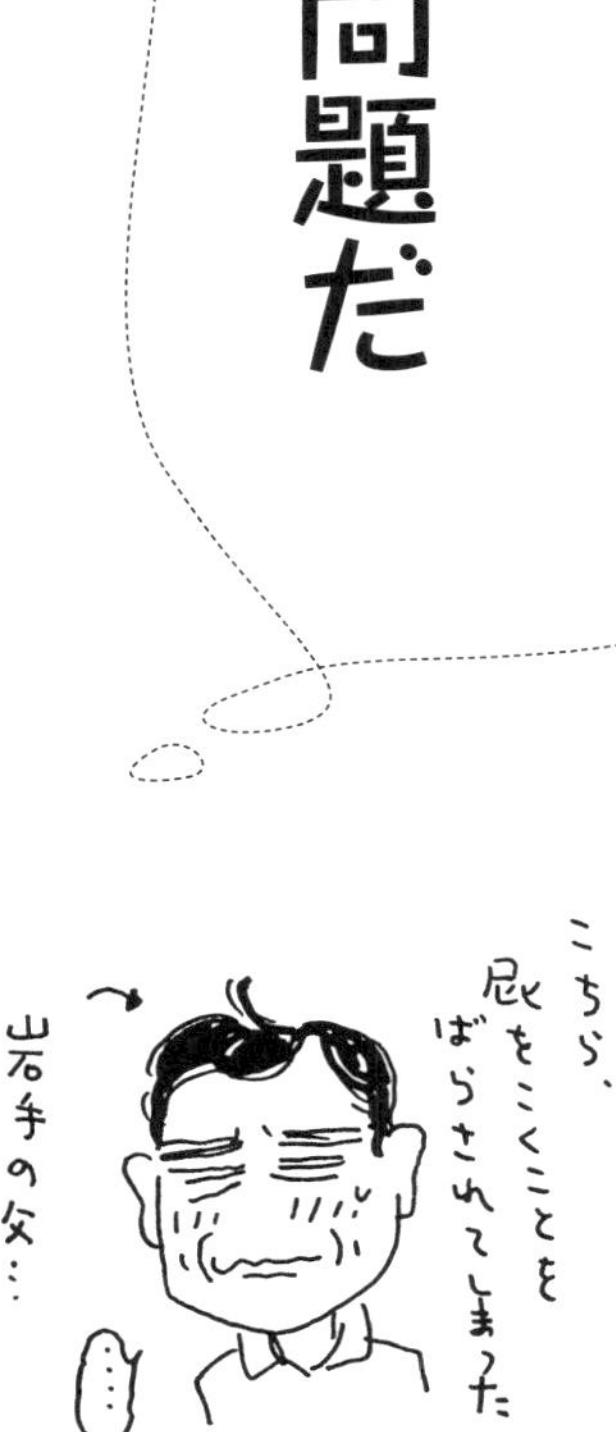

こちら、
屁をこくことを
ばらされてしまった
岩手の父…
…

長野の父も、ヨシダサンには聞かせません。ちゃんと服、着てるし。
焼酎
焼酎…
いつも
血族だね!!

ないな」と言った。わたしは目をむいた。

「えっ!? お父さんてソファに寝転んで屁とかこいたりするの？」

ヨシダサンは、しばらく黙った後で、する、と言った。そんなの見たことも聞いたこともない。

「オヤジ、寝転んで屁とかこいたりしないなあ、と思っていた」と言う。やっぱり。

「ほら――！ お父さん、本当のリラックスできてないじゃん！」

そこには一線があるのだ、と、さみしい気持ちがした。が、すぐ「聞きたいか、聞きたくないか」でいうと「聞かなくてもいい」気がした。そして「聞きたいわけじゃないな」になった。お父さんだってきっと逆の同じ気持ちだ。そっか、いいのか、いいんだよね。今年も帰省だ。お世話になります。

しかし、**「ゴロン」**として**「こく」**、それにみんなが顔をしかめたとしても全体的にスルー、というのは、血族でしかできないスゴイことじゃないのか？ 家族とは何か。人類学的に大きな発見に近づいた気がしたが、いつもの勘違いかもしれない。

こんなことに
つかわれるとは
つゆしらず……
蝉

スカッと「坊主めくり」

正月。その昔、伊藤家では、家族全員でトランプと花札《はなふだ》をした。コタツのテーブル板をクルッとしてミドリ色のフェルト面にして「七ならべ」。ミカンが「一回パス」の印、一人3個まで。燃えた。クローバーの6を出さなかった妹を憎んだり、猪鹿蝶《いのしかちょう》が揃《そろ》った強運におぼれたりして過ごす正月。三姉妹の興奮ぶりに、父は「これはイケル！」と、麻雀《マージャン》を仕込もうとしたが、小学生には早かったのかな？　すぐやめてたな……。

そして2017年、正月、吉田家。コタツが無くて畳《たたみ》の上だが、百人一首で遊ぶ「坊主めくり」がキテいた。ご存じ、絵札の「殿《との》」「姫」「坊主《ぼうず》」で遊ぶ単純なゲームなんだけど、たくさんの札が一瞬でもっていかれたり来たりするのが人の運命みたいで、めくった札の歌を詠《よ》むとなおさらそんな気分に。人生……を感じながら、ちょうどヨシダサンが家のバリカンで「坊主」にしたばかりで、

「あっ、坊主が坊主をひいた〜」

と笑うと、なんだか気持ちがいい。「殿」が出た時にも、

「なーんだ、男か」と言うのもいい。なんか胸がスカッとする。

「男、つまらん」

「男、いらない」

「ハ、男デスカ…」

と、楽しい。きのう飲み会に行って昼まで寝ていたヨシダサンに一言申してるみたいで、気持ちがいいのだ。札は、紫式部《むらさきしきぶ》、小野小町《おののこまち》、うしろ髪姿の清少納言《せいしょうなごん》、うしろ向いた坊主、などが目立っているのだが、ダントツな破壊力を持っているのが、頭巾かぶっている坊主**「蝉丸《せみまる》」**。ヨシダサンが蝉丸ひいて大負けした時、ムスメと大喜びして、ああ、と気づく。わたしったら、ヨシダサンが昼まで寝ていて、作ったお粥《かゆ》を「いらない」と言われたことを根に持っているんだなあ。ヨシダサンも気づいている。

「蝉丸ってサ、当時のキラキラネームじゃない？」

と、楽しい方面に持っていこうとしている。そういえば、伊藤家でも麻雀を教える父に、麻雀にニガイ思い出があるらしい母が冷たい目をおくっていたな。で、父、すぐやめてたな。そんな正月。今年もよろしくお願いします。

ムスメ
幼稚園
4歳～7歳
小学1年生!!
ランドセル
(赤色)

ダンナサン
51歳～53歳
アタシ
45歳～47歳

Part 2

母なアタシ

ムスメのせいじゃない…

「一冊、買ってあげるよ。自分で選んでいいよ」と、本屋さんで言われたムスメが30分後に持ってきた本は、

「デラックス名前占い超アタル、ミラクルハッピー、イエーイ」

みたいなタイトルの、アニメの女の子の絵が描いてあるブ厚いピンクの本だった。

「うっ」と声が漏れたわたし。それは「ぐりとぐら」とか「ちいさいモモちゃん」の類《たぐ》いを持ってくるような気がしていた「うっ」だ。選んだムスメはぜんぜん悪くない。その本だってぜんぜん悪くない。幼稚園の時のお友達が持っていた本で、小学校が違うから会えなくなって、自分でも欲しいんだな……と、あまり喜ばないお母さんに、ムスメが言ったのは、

「この本厚いから、買ったらお金なくなる？」

だった。近くで雑誌を立ち読みしていた女子高校生が「ぷっ」とふいた。

「お金ないなら、いい」

声が大きくて、遠くのオジサマもこっちを見た。

「お、お金ある、大丈夫」

チーン。お買い上げした。一冊買ってあげると言った。選んでいいよと言った。と、帰り道へんなことを考えた。


最近、有名人の息子さんが事件を起こして、小さい頃こういう子供だったとか、こういう親だった、とかいう記事がいっぱい雑誌に載っていたが、自分は有名人でもないし、うちの子はムスコじゃなくてムスメだが、例えばなにかあって、今日の女子高校生やオジサマがインタビューされた時、どんなふうに言うんだろう。

「子供がお金のことを気にしていて……」

「アニメの本でした」

「ええ、大きい声でした」


少し悪口だった。ムスメは「名前」が好きで、人の名前をすぐ覚えるんです、お友達と会えなくなって、前から欲しいと思っていた本なんです、わたし

が一冊買ってあげると言ったんです、と、想像して涙がにじんだ。その話を聞いた晩ご飯つくり中のヨシダサンが、

「虐待⁉　残り物炒めて晩ご飯の日々！」

なんちゃって、と妄想の見出しを言った。ワハハと笑ってしまった。

ネコ失格!?

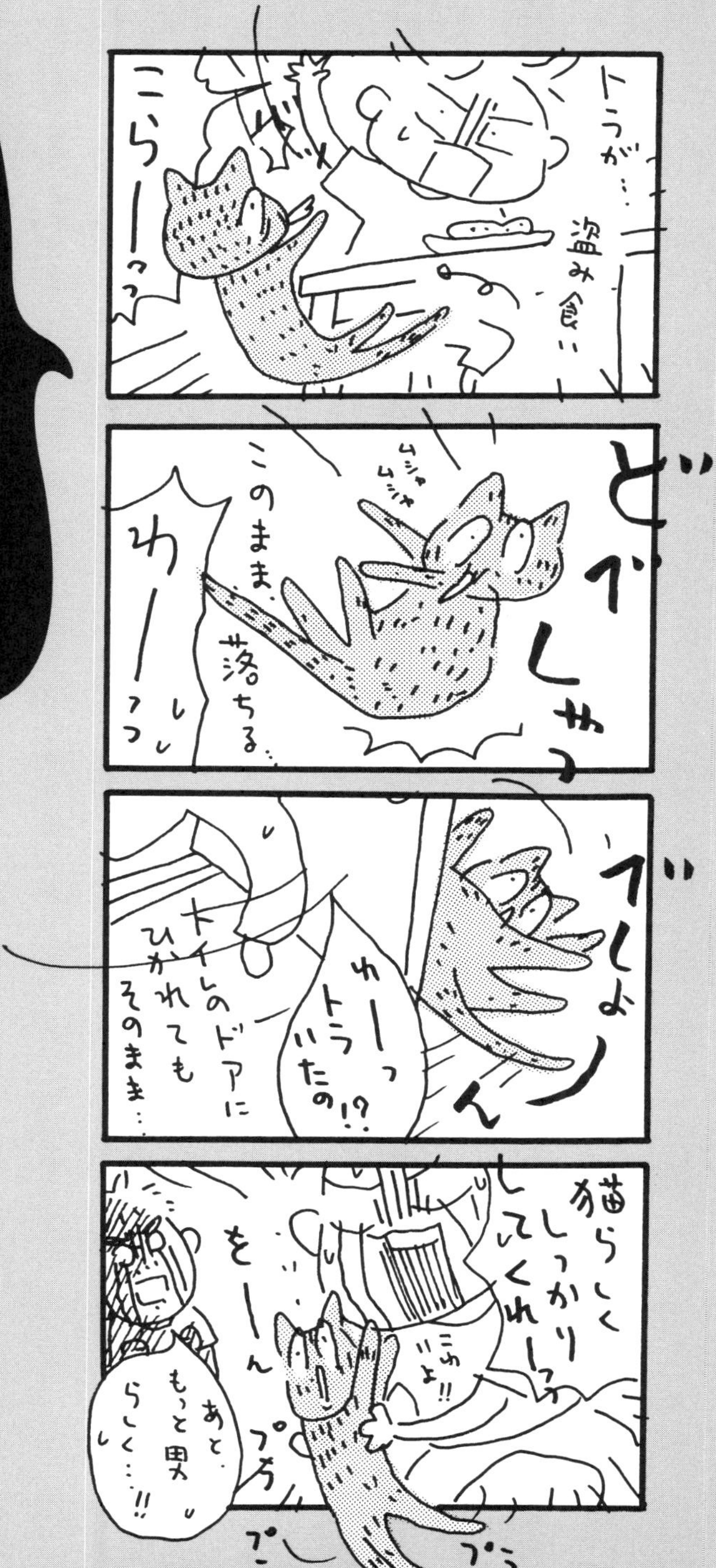

トラが…盗み食い
こらーーっっ
どびしゃっ
ムシャムシャ
このまま落ちる…
わーーっっ
びしょーん
トイレのドアにひかれてもそのまま…
わーっトラいたの!?
猫らしくしっかりしてくれーっ
をーーん
にゅーよ!!
あともっと男らしく…!!
プチ
プゥ
プゥ

昔はコーヒー、いま大根

若い時は、忙しいとコーヒーの量が増えた。自分で淹《い》れたり、喫茶店に行ったりして、1日10杯……くらい飲んでいたような気がする。わたしの「忙しい」はコーヒーに比例していた。今は、忙しくてもコーヒーは増えない。夕方にやっと3杯め……な感じ。好きなのに、なんかそんなに飲めなくなってきちゃったのだ。

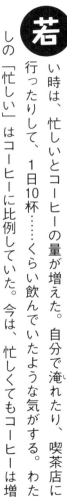

そのかわりに増えたものがある。増える、というより、大きくなる。それは、おもいがけずにゴロンと、「大根」なのだった。コーヒーのかわりに大根て。カッコイイか、カッコワルイかでいうと、ちょっとカッコワルクなっているな……。

それは大根おろしの大根で、忙しい時、わたしは大急ぎで夕飯を作っている。焼きサンマのための大根を大急ぎでおろしている時、最後のほうの小さくなった大根をきちんとおろす気持ちの余裕がなくて、面倒くさくて、でも、もったいないから「えい」と口にほうりこむ。その大根がでかいほど、わたしは忙しいらしい。こないだ締め切り前の大根が思ったよりでかくて、口の

中でなんどもゴリゴリとして、先っちょのほうで辛くて涙が出た。（ああ、わたし忙しいんだ……）と、泣けた。

　そしてなんと、大きくなるのは大根だけではなかった。「人参《にんじん》」も大きくなる。今年、沖縄に家族旅行に行ってから「人参のシリシリ」という炒め物を作るようになった。

　シリシリ用おろし器を購入、細長くおろして、ココナツオイルで炒めて、卵で仕上げると5歳のムスメがバクバク食べるので、もう何度も作っているのだが、最後のほうの人参が最近でかいのだった。年末の締め切りにむけて成長していたらしい。いつものように口にほうりこんだ、おとといの人参のでかかったこと。

　小さいつもりで軽く噛《か》んでのみ込んで「んがんぐっ」と言ってしまった。まじめに「んがんぐっ」（サザエさん）と言ったの、初めてかもしれない。喉《のど》が痛くて涙が出て（わ、わたしは忙しい……）とゴックンとした。

　来年の目標は「大根と人参は小さくありたい」です。

銀座で家で「はい、そこまでよ」

「わたしは銀座で5時に立つ女なのよ〜」と、久しぶりに会ってお茶をした友人が言った。

「今、事務のバイトをしているんだけど、バイト女子の中で一番の年長さんのわたしが午後5時に立たないとみんな帰れないからキッチリ5時に立つんだ〜」。けっこう勇気がいるんだが、時報とともにガタッと立つんだって。職場が銀座なんだって。ふむふむ。

聞きながら、「我が家は今、そういう『容赦《ようしゃ》ない感じ』が足りないな」と思った。なんだかダラダラと、ベビーシッターさんの帰宅時間とか晩酌《ばんしゃく》時間とかがのびてしまう。これは「わたしが自宅2階の仕事場で5時に立たない」からだ。しょうがないの、原稿がもう少しだったり、電話がきたり、ごにょごにょにょ……。

わたしが5時に立って、シッターさんに会計したあと、今日の5歳児の様子などの雑談、ちょこっと飲み、6時に解散、そこからご飯つくって、風呂、ふたり晩酌、9時半に子供を寝かす（まだ昼寝するのでこの時間）、オトウ

サンひとり晩酌（自由の時間）……が、理想だ。シッターさんだって早く帰りたいよ。すみません……。

ところが、最近設置した台所の最新型天井照明が我が家に「容赦ない」を持ってきた。会計もご飯も晩酌も台所でやる我が家、「防犯にいいですよ～」と電器屋さんが教えてくれたイマドキの「留守番タイマー設定」をなんだか解除し忘れて、毎日6時に「全灯」、10時に「消灯」するんである。

「やすらぎ」とか「くつろぎ」という優しいモードを選んでいるのに、6時にピッと電子音がして、毛穴も見えるくらいの最大に明るい白い光「全灯」に。ディスコ（古い）の閉店時間みたいだ。すみませーん、清掃が始まりますんで、みたいな。

「ひ～　6時だ」と雑談中のシッターさんが帰る。で、10時には居酒屋のちょうちんみたいにフッと「消灯」するのである。

「ひ～　閉店だ」と、あわてて帰る（寝る）準備。まあ、またつけて飲む日もあるけど。

我が家には「容赦ない」が必要だ。

「ひや、１００歳違い!」

暑い。アチー! と、ブーブー言いながら畳に寝っころがったら、手の届くところに雑誌が落ちていた。我が家ではよくそこらへんに雑誌が落ちているのだった。片付けなさい、と頭の中で声がする。

それはよくある「おいしいお店特集」とやらで、パラパラッとやるとコーヒー豆のお店が紹介されていて、店の入り口でハンチングをかぶった店主のおじさまがカッコよく立っている写真。そのおじさまの名前の下に、(１０４)とあった。

「?」

なにかの番号か? 同じページの別の店主の名前の下には、(66)とある。

「え? これって年齢!? ひゃ、１０４歳!?」

わあっと跳び起きる。読むと85歳で店をオープン、現役。豆、焙煎《ばいせん》するらしい。正座してしまった。すごい。実家のおばあちゃんだって長生きだけど、まだ94歳。まだって……、とまた声がする。

１００歳と言えば思い出す話があって、ムスメが予防接種のためシッター

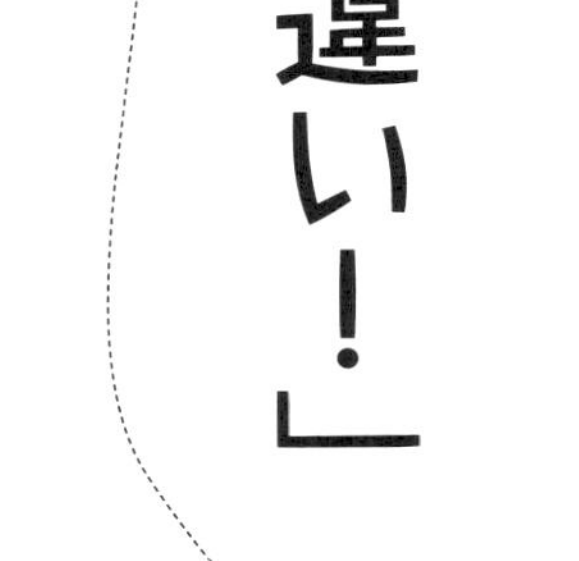

そういえば
わたし
100歳超えた人
ナマで
見たことない…
ある。

さんに病院へ連れて行ってもらった時、待合室で隣のおじいさんが折り鶴をくれたらしい。「ボケ防止にいいの」とのこと。

「いくつ?」と聞かれてムスメが「3歳」（当時）と答えたら、「おじいさんね、103歳。ちょうど100歳違いだね」と言ったそうな。シッターさんが「ひゃ、100歳違い！」と驚いた時、診察室から奥さんらしい方が出てきて「あら、いくつ?」と聞かれて「3歳」と答えたら、「おばあさんね、98歳。100歳くらい違うわね」と言ったそうな。

その鶴は縁起物《えんぎもの》として、神棚《かみだな》に置いてあるのだった。自分がもし100歳まで生きたとして、鶴、折れるかなあ。豆、焙煎できるかなあ。いや、まず85歳で店開けない。夫婦で100歳超えになったら、たぶん歩いて検診に行けない……。

鶴をテーブルに下ろしてみた。一杯やっていたヨシダサンが「あ、103歳の」と言ってムスメの折り紙で鶴を折りだした。

52歳。折れない。ムキになりだした。折れないと長生きできない勢いだ。がんばるのそこじゃない、と声がしたけれど、今夜の平和のため黙っておいた。

縄文人みたいな買い物

居間に取っ手付きの大きい籠《かご》がゴロンとあって、それがまあ、とりこんだ洗濯物を入れるわ、猫は寝るわ、人間の脱いだものいったん入れとか、一日中変身して「なにか入れ」になっているのだった。たしか、もともとは漁師さんが魚を運ぶのに使った籠で、水に強い印象があるもんだから、籠が空いていると洗ったばっかりの洗濯物まで入れている。

こないだはムスメが「船」にして、床の間という島にむかって漕《こ》いでいて「うーん、なんか間違っていない」気がした。もうひとつ欲しいな〜と探してみるけど売っていない。たしか、たった一人の作り手のおじいさんがご高齢で……というような話があったような……なんだっけ……と、ぼんやり暮らしていた。

ある日、その籠を買ったウェブショップから「岩手県宮古《みやこ》の横田《よこた》かご、再販」とお知らせメールがきた。ん？　そうだ、「横田かご」という名前だった。お知らせによると、おじいさんが「体調がよかったので少し作ってみたよ」と数個の籠をそのショップに送ってくれたんだそうだ。

そうだよ、思い出した、はじめは「被災地支援」の「応援」な気持ちで、こんなに使うとは思わずにポチッとした。今回、販売は抽選。

す、すみません、もうひとつ欲しい。

申し込みしながら「応援」より「欲しい」が勝ってるなぁ〜、と思った。

そしてなんだか「売ってほしい」「そのイイモノを分けてください」というような気持ちになって、昔の買い物みたいな、大げさにいうと海の市場に来た山の縄文《じょうもん》人みたいな気持ちになった。

それは、最近の「こっちの店が安い」「高い」「ポイントつかないじゃん」「次の日こないじゃん」「包装が過剰だ」という買い物が多い中でキラキラしていた。

46年の経験上、たぶん抽選には当たらない。カンはきっと当たる。籠はこないけど、こんな気持ちになれたことにただ感謝したくなった。

……と、いうような心もちでいると、神様が見てて「ん?」なんつってさあ……なんて考えていて、本当にすみません。

雪の朝、私は艦長になった

「も、もしかしてやる気か？」

月曜日の朝、お母さんなわたしは、チンともスンとも鳴らない携帯にむかって刑事みたいにつぶやいてしまった。8時10分。こんなに雪が積もっているのに、幼稚園から「本日は雪のため休園します」メールが来ない。警報や注意報は出ていないが、雪のあとに雨が降ってグチャグチャで、ラジオからは電車が止まった、駅は大混雑です、バスに乗るのにすごい行列で……というニュースが止まらない。

「……やる気かもしれないな」

ボスのように言ってみた。すこし石原裕次郎ぽかった。家の前を雪かきして戻ってきたお父さんも緊張している。休園イコール、子供がうちにいるイコール、本日の仕事のやり方が全然違うからだ。メール、いまだ来ず。

「……むうっ、やる気だ！」

幼稚園、やる気。わたしは艦長のように決断した。用意していたカッパや長靴を装着、出発だ。そうなのだ、通っている幼稚園がけっこう休まない。

根性ある。頼もしい。あとで聞いたら近所の他の幼稚園は休園が多かったそうだ。先生たちの「幼稚園、やります」を、裏切れない、と思った時には、地球を出発するヤマトの船員のようになってしまった。

♪ダーダダダ、ダダ、ダーダダ～（あのメロディー）

「いってまいります！」

……と、このようにですね、雪が降ると刑事っぽくなって、ボスになって艦長になって、船員になってしまう。少し恥ずかしい。ニュースを見ると「どうしてそんなに頑張って会社行くの？」と人のことは思うんだけど、自分もそうしてしまう。寒い所の出身だからか？　と、子供を無事送って戻ってくると、家の前に、溶けた雪が側溝に流れるよう細い道が掘られている。これまた寒いとこ出身のお父さんの作品だ。うっ。美しい。

「雪は昼には溶けると判断、水がたまらないよう応急処置しておきました」

報告が入って、ますますヤマト……あの～、こういうのって寒い所の出身だからでしょうか。世代？　暖かい所の人、若い人、だれかやさしく教えてください。

お笑いにうといお年頃…？

ムスメが幼稚園の発表会の練習を畳《たたみ》の部屋でしているのだった。「ピーターパン、海に落ちたフック船長のその後」みたいな話らしく、年長さんみんなで考えたお話らしい。おもしろそうだ。

「お父さんお母さんは、発表会までお楽しみに！」ということらしく、詳しい内容は教えてもらえない。ふすま越しに、歌やセリフが聞こえてくるのだけど、どーーしても聞き取れないコトバがあった。

「ダンソーヒイラギツーザキ（なんたら）こっさ！　にいぶら！」

と、聞こえる。そっと覗《のぞ》くと、なんだかつんのめった激しい踊りがついている。

「な、なんて言っているの？」

と聞いてみると、歌っている本人も「しらない。〇〇クンがみんなに教えてくれた」って言うし、何度聞いても日本語に変換できない。お父さんがハッとして言った。

「これさ、お笑い芸人ぽくない？」

ああ、それだ、きっとそうだ。はやりの何かを劇にとり入れたんだ。パソ

ハイ、
おっぱっぴー
お礼?に、お笑いの
教えかえし…
ゲラゲラ
ゲラゲラ
なにそれーっ
こ、こうだったっけ?
お笑いってすごいですね…

コンにダンソーと入れると正しくは「ダンソン」らしい。で、「バンビーノ」という芸人さんのネタで、動画があって……。

「これだこれだ、わははは」

と、おもしろいのだった。しかし、これ、はやっていたのが約1年前らしいよ……シミジミとお父さんは言った。

「ついに、はやっているお笑いを子供に教えてもらう時が来たようだな…」

我々もここまできたか。まさかそんな年になるとはのう……と発音がおじいちゃんになっとる。ほんとだよ、「お笑いにうとい」なんて若い頃はあってはならなかった。そんなの、命とりだった。遠くに来たもんだのう……とおばあちゃんになる。おばあちゃん、去年の流行語大賞「トリプルスリー」も、お笑いのなにかだと思っていたくらいなのだ。飲み会でふと言ったらうけちゃって、もう「どんだけ知らないか」で自分が笑いをとりにいってるのだ。

発表会に行った。「ダンソン」を子供たちがやった。若いお父さんお母さんは心から笑っている気がした。わたしも笑ってみた。

ウン十年前のピッカピカ

ムスメが小学校に入学した。入学式には桜が残っていて、1年生はピカピカで、校舎もけっこう新しくて本当のピカピカで、

「ピッカピカの〜、1年生♪」

って、すごい名言（曲）だなあとシミジミ、体育館の保護者用パイプ椅子に座った。

へえ、今って番号があいうえお順なのかあ、へええ、男子と女子分けないんだあ、自分の時は生まれ順だった、男子女子分かれていてさあ、女子が20番からでさあ、わたし27番だったなあ、と、そこらへんからいろんなことを思い出した。

入学式で、おじさんの先生に、

「あ、僕とおんなじ伊藤だね」

と声をかけられて、担任の先生が「伊藤先生」だと知ったこと。教室に入ったら、机に「いとうりさ」と書かれた紙の札が貼り付けてあったこと。そ

こに座ったこと。あとから来たとなりの席の7番の男子に、

「なんだ、りさか」

と言われたこと。ランドセルの留め金が四角じゃなくて八の字みたいな丸い形で嫌だったこと。ずいぶんおじさんに見えた伊藤先生が、今のわたしより若いこと……。

心はどんどん遠くに出かけて、教室から見た山の形や、山の雪が残ったところが「つくし」って字に見えたこと、階段の手すりの最後のとこ、間違えてつけたまま洗濯しちゃった名札の字がにじんでずっと嫌だったこと……などなど、2、3年生まで出かけてしまい、いかんいかんと戻ってくると、ピカピカのムスメの教室からは山は見えないし、留め金は四角だし、担任の先生は若い女の先生で、隣の男子と楽しそうにおしゃべりしているのだった。

その後、わたしは4、5年生まで遠征、全員の名簿番号、仲良しの子の家の電話番号まで覚えていて、なのにどうして先日は請求書を出し忘れたんだろう、なんで締め切りを1週間間違えるんだろう、昨日の昼に何食べたっけ、このレシートなんだっけ、って、どうしてなるんだ？　と、別方向の旅にも出かけてしまった。
ムスメの……入学式だった。

ネコ失格!?（続編）

トラがぴぴっ
すぐ脱走します…
あっこらっ
でも
人の顔を見ると…
を？
うれしくてこうする
クセがあって…
をーん
すぐつかまります…
をーん
プラ
プラ
プラ
なにこれ!?
トラって本当に猫!?

「うしろ」に恵まれてた

ご近所のママ友とバッタリ、新宿の伊勢丹で会った。

「うひゃ〜〜」

あちらが指をさして笑っているが、わたしも指をさして笑っていた。なぜだかおかしいのだった。

無理めなオシャレしているわけでもなし、子供も連れているし、お互い「用事」を済ませに来ている感じ（お祝いのプレゼントを買う的な）が、いつもと変わらないんだけど……。

考えたら、そうか、「背景」が違うからおかしいのだった。いつもの人の、背景違うバージョン。いつも背景は幼稚園、道端《みちばた》、電信柱の前、スーパーの魚の生鮮売り場とか、公園のブランコ前だったりして、小学校も一緒だから、最近じゃ1年生の下駄箱《げたばこ》前だったかな。

とにかく「そこいらへん」なのに、今日は世にもオシャレな伊勢丹が背景だから、なんかおかしいのだった。そういえば若い時、旅行にでかけたタイで友達と待ち合わせした時も笑ったなあ。うしろがタイ、っていうのがおか

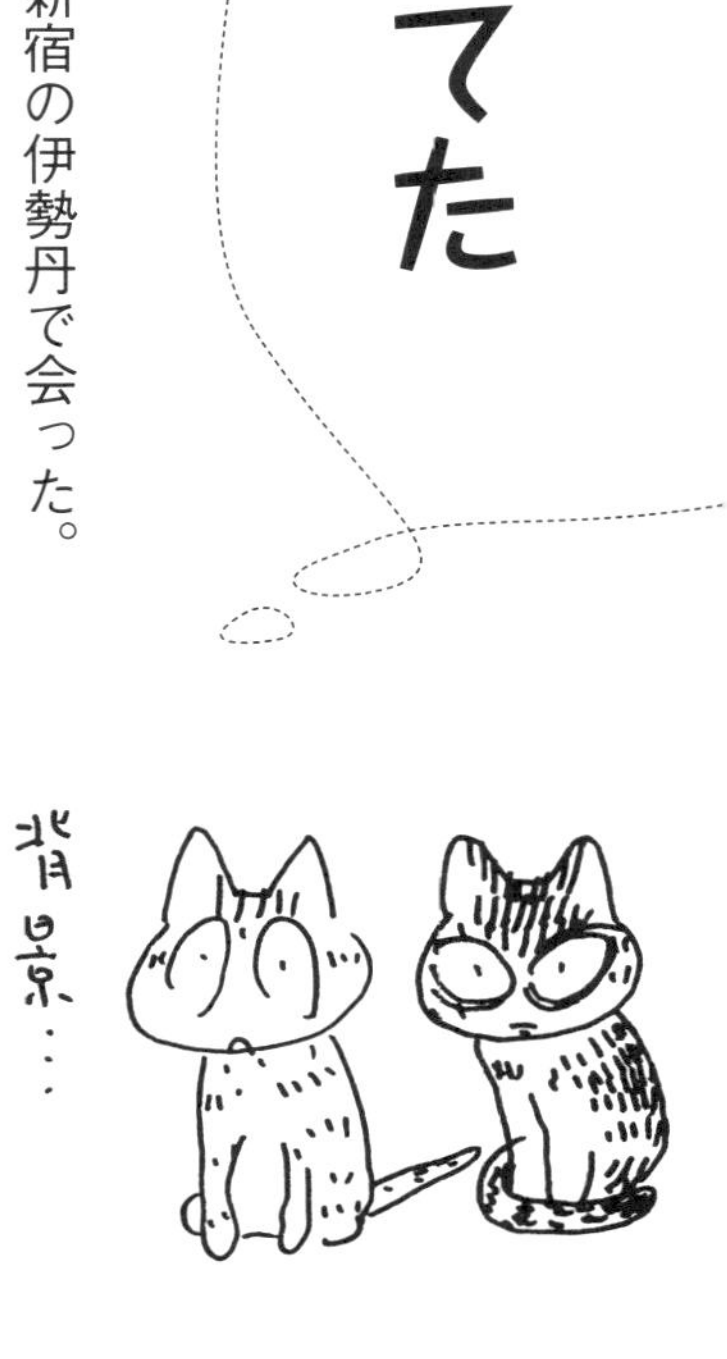

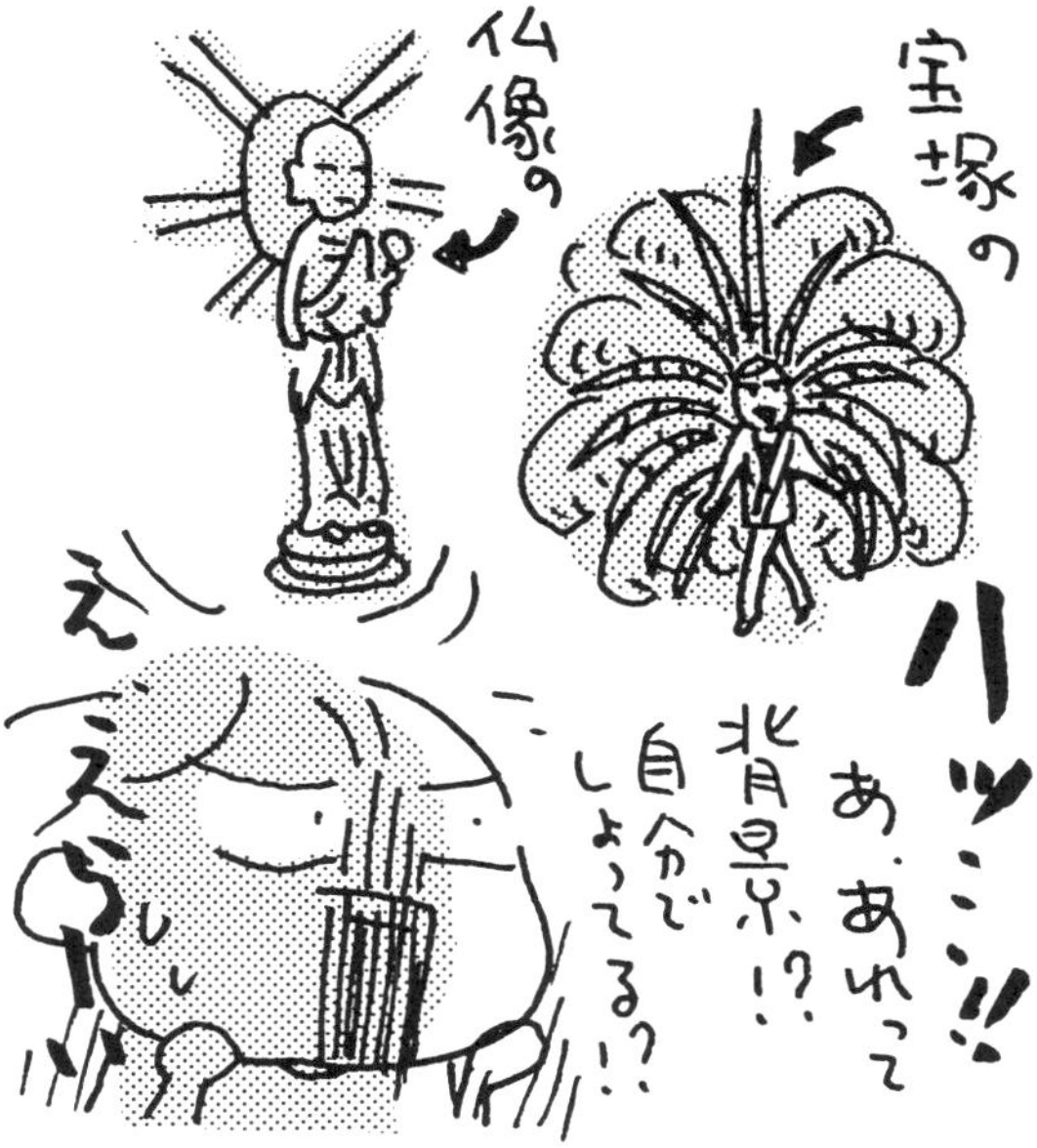

しかった。

そうか、人にはいつも背景がある。人と会う時に真っ白な大きい布の前なんてことは無いから、いつもある。家の中でだって、ソファだったり障子《しょうじ》だったり台所だったり、なにかある。つまり自分にもある。ドキンとする。人は背景とセット……ってことは、わたしに顔も体形もそっくりな妹を連れて来て、なんか服装も似ているんだけど、その妹がうちの家の前で掃《は》き掃除でもしていたら、ご近所の人みなさんヨユウで「おはようございまーす、今日もいい天気ですね」だな……。

小さい頃、その「うしろ」にわりかし恵まれていた気がする。山やら川やら、古い校舎やら、古くて嫌いだった家の中も今思えばいい感じ。……今は？

ガス工事が済んでピッカピカすぎる家の前のアスファルトの道、閉めても隙間な玄関の戸、散らかった仕事部屋、窓の外には配線ごちゃごちゃの電信柱、ムスメが穴あけた障子、そこから見える雑草、メダカ全滅スイレン鉢《ばち》、スズメ、を、見ているうちの猫……あれ？　途中からけっこう気に入っている気がした。

家の音が聞こえる夕べ

回覧板を次の家のポストに入れに外に出た。夕食前に回覧板を回していないのを思い出して、いつも昼間何かのついでに入れに行くので、なんか珍しい時間。

道に出たら、いろんな家の中の音が聞こえてくる。今日は涼しいから、みなさん窓を開けているんだなあ。お茶わんの音、テレビの音、これは民放だね、お風呂に入っている音、会話は聞き取れないけど声がする。けっこう聞こえるんだなあ、と、道の真ん中に立ってみた。

昼間より聞こえる気がする。どこかの家で子供が泣いている。お母さんがなんか言っている。お兄ちゃん？も。なにか一生懸命言っている。兄弟ゲンカしたのかな？　なんて思う。回覧板を入れたあと、そのまま歩いてみた。

宴会の音がする家があった。

「おっ、これは……」

なぜか、お祝いの飲み会だとわかった。メンバーみんな若い大人だ。いいことあったのかな？　けっこうわかっちゃうなあ、と帰ってきた。

数日後、夕ご飯を作っていたら、外からその日と同じようなお祝いの音がする。メンバーはもうちょっと大人の落ち着いた感じ。あれ？　こっちのうちのひとり暮らしのおばあちゃんは入院していて家にいないはず……。

「あ！　もしかして、退院したんだ！」

今日も涼しいから、こちらもあちらも窓が開いているのだ。会話は聞こえないけど、雰囲気が聞こえてくる。ぞくぞくと親族が集まっている感じ。友達じゃない音がする。なぜかわかるのだ。あ、おばあちゃん本人の声もする。娘さんと息子さんかな。あ、これはお孫さんも来てるね。

「いいねえ、お祝いの音って」

「あ！　ポニョだ！」

ムスメが味噌汁《みそしる》飲みながらうれしそうに言った。

なぜか「崖《がけ》の上のポニョ」を、小学生（だと思う）が数人で合唱していた。

ああ、自分の家はどんな音がしているんだろう。

きのう、仕事が終わらなくてムスメの行事に行けなくなったと言うヨシダサンに、「はあ？」と言っているわたしの声が聞こえただろうなあ。

「はあ？」はなかったなあ、とソッと反省した。

「あれ」につける名前

「らいねんのなつやすみのいちけんきゅう、なにやるかきめた」と、小学一年生のムスメがひらがなで言った。漢字を交ぜると「来年の夏休みの一研究、何やるか決めた」だが、ずいぶん気が早いなあ。何を一研究するのか聞いてみたら、

「目をつむった時に、目の中で見える模様に名前を付ける、です」

と、発表された。噴いた。となりのヨシダサンが。ビールを。逆にわたしはビールをゴックンと大きく飲んだ。そしてふたりで、

「そ、それは…!!」

と唸《うな》った。その、目をつむると出てくる白黒の模様、モヤモヤの雲みたいだったり、雨や光みたいなヤツのことを、わたしはよく知っている。今でも時々見ている。見えない（気付いていない？）人もいるらしい。昔、飲み会でその話になって、見たことない人がいた。そしてそれは、大島弓子の漫画を読んだことある人にはもうたまらない、モヤモヤに**「ジギタリス」**という名前を付けた登場人物が出てくる漫画があるのだった。「へえ、あれ

に名前を付けた人がいるんですね」というようなセリフがあったような。ヨシダサンも「ジギタリス」を知っていて、

「うへぇ！」「うはあ！」

と、騒いだ。うちではどんな名前になるのか。楽しみだ。「ジギタリス」だったらビックリだ。

それと近くて遠いような話で、最近わたしは、

「でさ、それは◯◯◯なの、ワハハ！」

と、話した後に、すぐ自分で笑う、という癖ができた。これが、たいへんオバサンくさくて、

「この話おもしろいよね」

「はい、笑うところ」

と、感想を指示しているような、いや〜な感じの「ワハハ！」なのだが、どうして自分で「ワハハ！」と笑ってしまうのか、それに名前を付けるとしたらどんな名前だろうか、一研究になるような気がしてきた。漢字な気がする。病名みたいな。そして、名前を付けたらこの癖がなくなる気がする。気になるモノには、名前を付けるといいかもしれない、と、思った47歳になったばかり、ホヤホヤの秋です。

ムスメの3分の1は…

ムスメの通う小学校で「保護者★給食試食会」があるのは知っていた。（★は、わたしの感覚、気持ちです…）

ある日、ついに申込用紙がきた。**「限定100食」**とある。「き、きた〜〜〜!」と、いつもより丁寧な字で申し込んだ。

給食、食べたくないですか?

数えると中学卒業から32年ぶりの給食で、クラッとくる。申込用紙の文面からしてかなり人気とみた。すごい倍率かもしれない。メニューはキムチチャーハン、餃子《ギョーザ》、中華スープ。ドキドキした。なんと、わたしは権利を勝ち取り、スリッパを持っていそいそと学校にでかけた。

「いっただきま〜す」

の、前に、栄養士の先生がスライドを使って、予算、衛生管理、調理方法、栄養価、アレルギー問題など、いろんな話をしてくれたのだが、内容に目をむいてしまい、一重瞼《まぶた》が二重瞼になるかと思ったくらいびっくりした。

校内に給食室があって、それは知っていたんだけど、そこで野菜の下処理

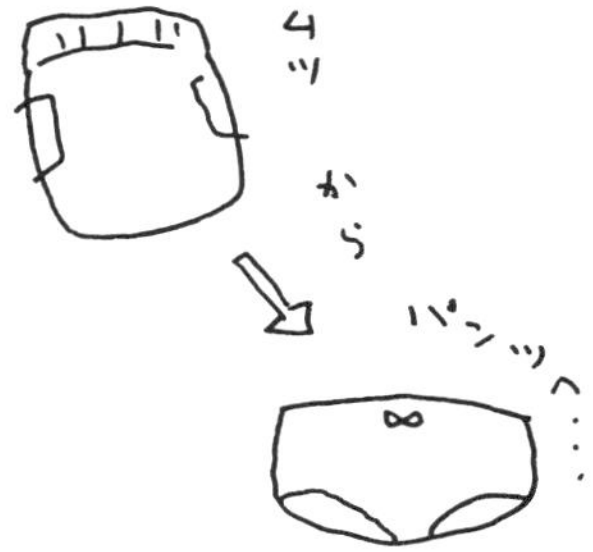

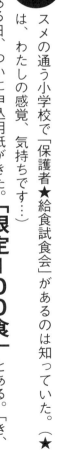

も全部やって、だし汁も一から全部作って、ルー、ドレッシング、ゼリーも全部手作り、野菜を3回洗うんだって。ミカンも3回洗うんだって。どひゃー。米飯中心、パンの日は月に2回、そのパンも生地から給食室で作ることがあるそう。給食室の写真や動画を見て、あまりのテマヒマに、もう完全に二重瞼になっていた。

お昼が給食ってことは、ムスメの体の3分の1は、給食で出来ている。人様のテマヒマで出来ているのだ。親のものじゃないテマヒマが3分の1も入ってムスメが出来ていると思うと、もう赤ちゃんじゃないというか（あたりまえなのだが……）、人生が始まっているというか（あたりまえ…）。うちの子じゃないというか（それはない）。

ありがたく給食をいただき、家に帰ると、ヨシダサンが防災リュックの整理をしていた。中から、ムスメ用オムツが出てきた。びっくりして一重瞼に戻ってしまった。3分の1、人様のテマヒマで出来ているムスメの、大きくなったパンツを代わりに入れた。

あ……
牛乳のこと、忘れてた……
ちょっと苦手…
よっ久しぶり
ちゃんといただきました。

アタシ
ツマ
おかあさん
リササン
ため…
漫画家
45歳〜47歳

ムスメ
4歳〜7歳
ダンナサン
51歳〜53歳

Part 3

私なアタシ

相談相手が間違ってる

あ る日、ご近所家族大勢飲み会で女子高校生から相談を受けた。

「ピアスの穴をあけたいんですけど、お母さんがダメって。どう思いますか？」

わたしは「ズバリ、あけないほうがいい」と言った。「わたしはあけたけど、年とったらあんまりつけなくなったよ」。

高校生は穴だけあいているわたしの耳たぶを見てさみしそうに、「リ、リサさん、ぜんぜん説得力無いです……」と、遠くの席に行ってしまった。

別の日に、別の女子高校生が相談に来た。その日も飲み会だった。

「腋《わき》の**永久脱毛**したいんですけど、どう思いますか？」

わたしは「ズバリ、やらないほうがいい」と言った。「わたしは永久脱毛やったよ（通うのに疲れて80％の完成率だが）、快適だよ。でもアナタ、も

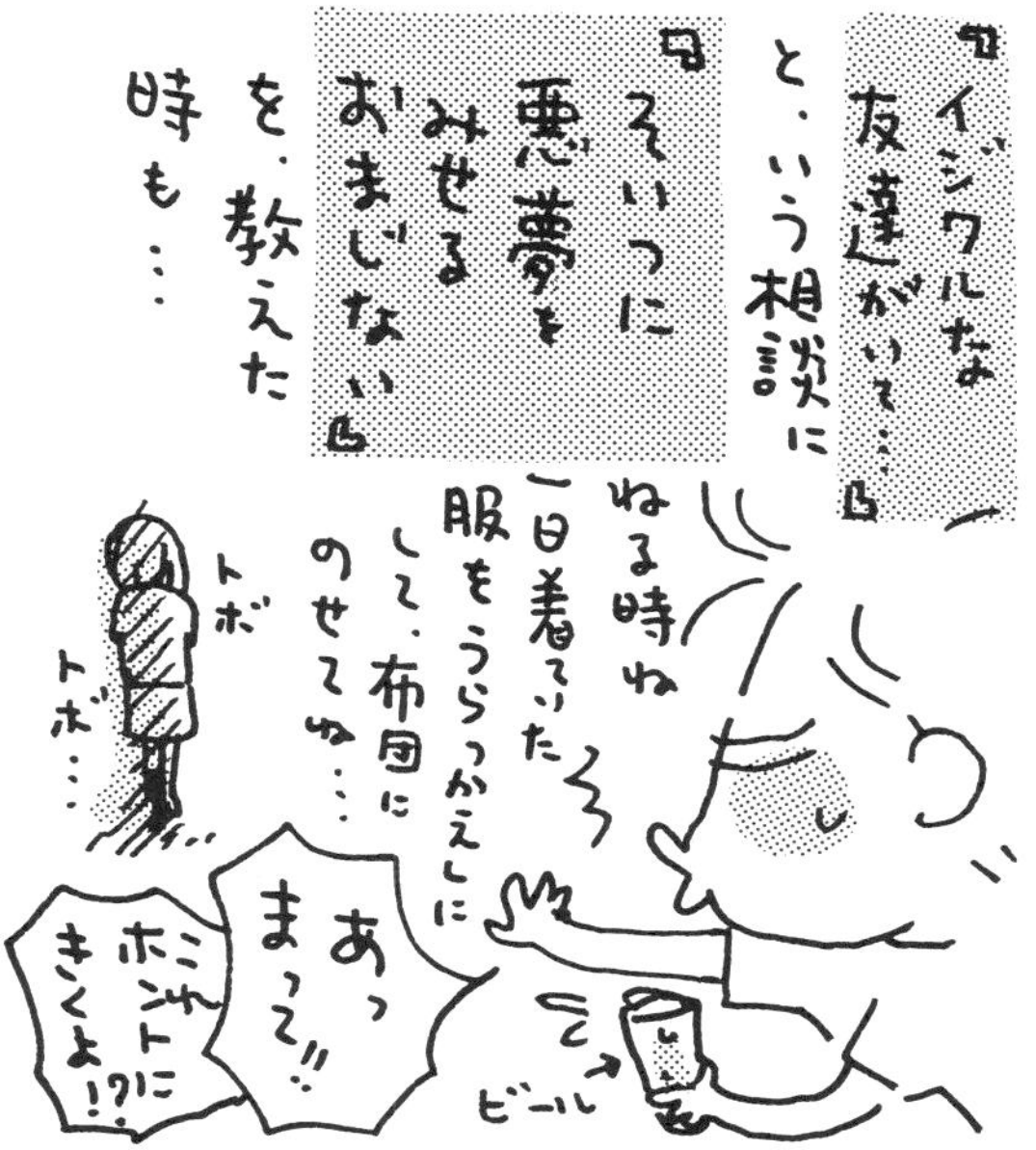
イジワルな友達がいて……
と、いう相談に
そいつに悪夢をみせるおまじない
を、教えた時も……
ねる時ね
一日着てった服をうらっかえしにして、布団にのせてね……
あっ
まってて!!
これホントにきくよ!?
トボトボ……
ビール

し将来まんがいち女優になって、腋毛が重要な意味を持つ役がきたらどうするの？　監督に、腋毛も生えてないのかって言われるよ」。

高校生がさみしそうな目になったので、あわてて「腋毛がはやる時代がきたらどうするの！」と言いなおしたけど、また遠くに行ってしまった。

ある日また女子高校生から相談を受けた。立食の飲み会だった。

「襟足《えりあし》だけ刈《か》り上げにしたいんです〜。髪を縛《しば》った時だけ刈り上げってわかるやつ、かっこよくないですか？」。

わたしは「ズバリ、刈り上げないほうがいい」と言った。「わたしも刈り上げがはやったころやってたよ、同じ刈り上げの子同士でうなじをそりあいっこしてたし。ひげそり用の三枚刃がおススメだね。で、成人式の日にも刈り上げてたらね、田舎で式典の後ろにいる大人たちに誰んちの子だって、ものすごい笑われてね、親にも、東京ではやってても全国には通用しないって怒られてね〜。わはは……あれ？」。

高校生はもう目の前にいなかった。

このように相談係の人選ミスをした高校生たちは他のところに出なおした。と、思う。「一回やらないとわからないからやっちゃいな！」とか言ったほうがよかっただろうか。
今日もお酒がおいしいです。

ムスメも「チッ…」

猫は1年で人間のハタチくらいだそうで…

若い人にはわかるまい

今、自分の中で、

「今やらなくてもいい、ちょっとしたことをやっておく」が、はやっている。少し先の自分が、ちょっとだけラクをするのが楽しくてしょうがない。大きなラクじゃなくて小さなラク。たとえば、「履《は》いていく靴を出しておく」みたいなことだ。出しておくだけで磨かないのがわたしの流儀（と、いうことにしとこう）。

加湿器の水をいっぱいにしとく。2階のトイレ用タオルを、2階に上るついでに持っていくように階段に置いとく。ムスメの上履きを金曜日の夜にバケツにつけとく。あしたの紙ゴミを今日まとめとく（紙ヒモでくくって出すのはヨシダサン）。洗濯物をとりこんで居間においとく。たたむのはあとだけど、たたみたい時に近くにある幸せ。

ムスメが朝学校に行く前に豆ひいといて、淹《い》れるだけにしとく仕事用珈琲《コーヒー》。洗剤の詰め替えをしとく。そういう小さいラクでいっぱいにするのだ。

たま〜に、大きく出る。夕ご飯のカレーを朝、作った。カレーがあることが

ねーねー
47歳ってさ、
もう
40代を
語れる
よね？
42じゃ語れないけどー
44でもダメだけどー
…うん
47
語れる。
よし。
許可をいただく…

心の支えになり「夜には味がしみて、なお、おいしくなるであろう」という武将みたいな気持ちも加わって、なんだか一日、堂々とした仕事ぶりだった。

呑《の》み会の時はもうすこし念入りだ。着てく服を前の日に決めとく。行き先の駅の出口、A5とかB3とかまで調べとく。行きに「帰りのタクシーの中で一本飲めば二日酔いにならない」と思っているポカリを買ってカバンに入れとく。

もう、寝坊して**トーストくわえて走る**なんて、できない。そんなことしたことないけど、今、そんな体力も気力もない。疲れたくない。そうなのだ、気付いていたけど、これって「おばさん」なのだ。

わたしは昔、履く靴も決めないで、早朝、海外にでかけて靴ずれしていた。若いってすごい。でも、そんな頃に戻りたくない。若い人には信じてもらえないと思うけど、若い頃になんか、お金つまれても戻らない。

わたしはちゃんとしたおばさんになったのだ。

こんなかんじの・・・

つまらない絵というオシゴト

旅館も好きだ。だけどビジネスホテルが好きだ〜〜と、誰かに言いたい。夜、ご飯を食べに出かけられるのがいい。地元の人がやっているっぽい居酒屋を探して、最近は子連れ旅なので「子供、いいですか?」と聞いて、たいていオッケーで、ちょっとした関門を突破した気持ちで最初は生ビール。プッハーッである。

3泊4日くらいの旅だとごちそうの日もごちそうじゃない日も欲しいので飲食店いっぱいの街中に泊まる旅は楽チン。朝は朝食券にゴメンして、ホテルをバックに駅前のそばを3人ですする……。そんな楽しいビジネスホテルの旅だが、いつも考えることがある。

それは「どうして部屋に飾ってある絵がこんなにつまらないのか?」なのだった。たいていベッドの頭の上にあるのだけど、ものすごく「なんともない」。そのなんともなさときたら、なんの如くだろうか。花だったり山だったり模様だったりするが、まーったく印象に残らない。

主張ゼロ、物語ゼロ。

あまりにもつまらないので写真に撮って集めたりしていた。このやなやつだな〜と思うが、あとで見るともっとつまらないのだった。この絵にしようと決めた支配人の顔を見てみたい、こういう絵を家に飾ってる人とは仲良くなれない、こんな絵もらったらどうしよう……。

ところが。ある日、ボケ〜ッと工作員と黒子《くろご》のことを考えていた時（どうしてそういう時がきたのか、わからない）、自然と「こんな工作員と黒子は嫌だコーナー」に入り、歌舞伎役者よりかっこいい黒子さんは嫌だ、ここに僕はいます的な工作員は嫌だとなった。気配を消さないとオシゴトにならないんだよなあ……。

ああっ、ビジネスホテルの絵もそうじゃない？　すごい印象的な絵が頭の上にあったら旅先では疲れちゃうかもしれない。あのつまらない記号のような絵たちは「なんともない」というオシゴトをちゃんとしていたのだった。

そうか、そうだったのか……。がんばれビジネスホテルの絵！　あ、がんばっちゃいけないのか。仕事ってむずかしいな。

「人んち」みたいな不思議体験

ひとり暮らしをしていた頃、フッとベランダから見た自分の部屋が「おっ」と思うほど、かっこよかった。

布団だか洗濯物干してたんだか忘れたけれど、かっこいいというか、知らない人んちみたいだった。で、なかなか楽しそうに暮らしているっぽい。「よさげなジンセイ」がそこにありそう。これからそこに帰るんだけどなあ、別に楽しいことないんだけどな……と不思議体験した。

実は、今も時々やる。道や庭から、フッと自分ちを見る。すると、ほら、人んちみたい。中で遊んでいるムスメがよその子に見えたりする。なぜか、灯《あか》りのついている夜は**「二割増し」**でそんな感じになる。ムスメかわいい。ダンナサンいい感じ。散らかっている部屋も雰囲気でてる。いいじゃんいいじゃん、とそこへ帰るのだった。

ある日突然、とても急にラッキーなことがあった。知り合いのハシヤさんと歌舞伎を観《み》ていたら、ハシヤさんの知り合いのハシヤさんという歌舞伎役者さんが「楽屋にどうぞ。舞台裏見学しませんか」と誘ってくれた。ハシヤ

さんが飲み屋で「名前が同じだ」と店主に紹介されて知り合ったハシヤさん。数人で緊張しながら見学させてもらっていたら、とんでもないことを言われた。舞台に上がれちゃうというのだ。

「えっ、お、女もいいんですか？」。……いいらしい。いつも見ているあのヒノキ舞台に上がって客席を見る。アッチからコッチ……。ハッとした。こ、これは、スケールのでかいアレじゃないか？

ちょっと違うかもしれないけど、アレ！　ドキドキした。何が見えるんだろう。

ここ数年、ヤケだかムキだかになって毎月通っている歌舞伎。そんな舞台にヒエエ〜と立った。お客さんはいないけど掃除の人がいた。思ったより人が近い。表情がハッキリとわかる。

「こ、これは……！」

手まで広げたわたしの第一声は「ね、寝てるの、よく見える……！」だった。うしろでハシヤさんが2人、ずっこけていた。

「寝てるのかい！」

憧れの舞台でつっこまれた。

話すことないかもだけど

「あれっ」「あらっ」

お芝居の始まる前のロビーで知り合いのAさんと会った。わたしもAさんも1人だ。

「偶然だね～」と笑いながら（ありゃ、これはお芝居観たあと、どっちだろう……）ということで頭がいっぱいになったのだった。

「どっち」というのは、「このあと一緒に飲む」のか「飲まない」のか、なのだった。この時にブーーッと鳴って「また休憩時間に」なんつって離れた席に着いた。

うーん、Aさんとは、なんていうんだろう、もうひとりの知り合いがいて、3人でよく飲む。大勢でも飲む。家飲み会もけっこうしている。でも2人きりで飲んだことがない。2人では飲まない関係なのだった。

そういう人いませんか。

うちのヨシダサンには、いる。近所に住む高校時代の男同級生だ。上京した男同級生の3、4人でしょっちゅう集まるのに、2人では飲みに行かない。

同じ気持ちにカンパ〜〜イ♥
ギャハハハ
チーン
「わたしたち大丈夫だったね♥」と、ワインのみすぎました…

近所で一杯……も無い。誘わない、誘われない。「なんでだろう、お互いキライじゃないのよ？　そういう関係なの」と、なぜかその時仕草《しぐさ》はオネエっぽい。わたしのそれがAさんなのだった。どっちかっていうと好きなヒトなのに、2人だと話すことが無い……気がする。よ、用事作っちゃう？　いやいや、それって大人としてどうよ？　そうだ、「話すことないかもしれないけど飲みに行きませんかっ」ってギャグっぽく言うとか！　いいんじゃない？　でもウケなかったらどうすんだ……劇を観ながら苦しんでいた。

休憩時間になった。

「あのさ、話すことないかもしれないけど、2人で飲んでみる？　あはは」と先に言ったのはAさんのほうだった。テニスはしないけど、なんかスマッシュを打ち込まれた気分だった。

「話すことないかもしれないけど飲みます！」と、テニスはしないけど、ポポーンと球を返した。2人で飲んでみた。球のおかげかそうじゃないのか話は途切れず、終電にギリギリ乗ったのだった。

流されて、こなされて

5

年ぶりに運転免許証の更新に行った。ペーパードライバーのゴールドなわたしは更新しながら、「ハ〜、こういう流れ作業に乗っかるの好きだなあ〜」と考えていた。

ハイ、まずはこちら、次はあっちに行ってー、ハーイ視力はかりまーす、写真イキマース。番号で呼ばれて、パンパンパンと、この流れに乗っかって用事が済んでいく感じ。そういえば同じ感じで人間ドックも好きだ。

どこが好きなんだろうか。こなしてる感もいいけど、あちらからこなされてる感が割と好きだ。大勢の中のただの一人として丁寧に扱って欲しくない気持ち。深入りしてこない安心感。

んん、これは先日のアレに似てないか。ちょっとした集まりで、大人の中にいた高校生が自分の学校の悪口をポロッと言って、周りの大人が数人で寄ってたかって真剣に耳を傾けてマジメなアドバイスするもんだから、「こ、高校生の話をそんな真剣に聞かないでよ！」って逆切れしていたアレ。……似てないか。いや〜、あの逆切れはオモシロかった。

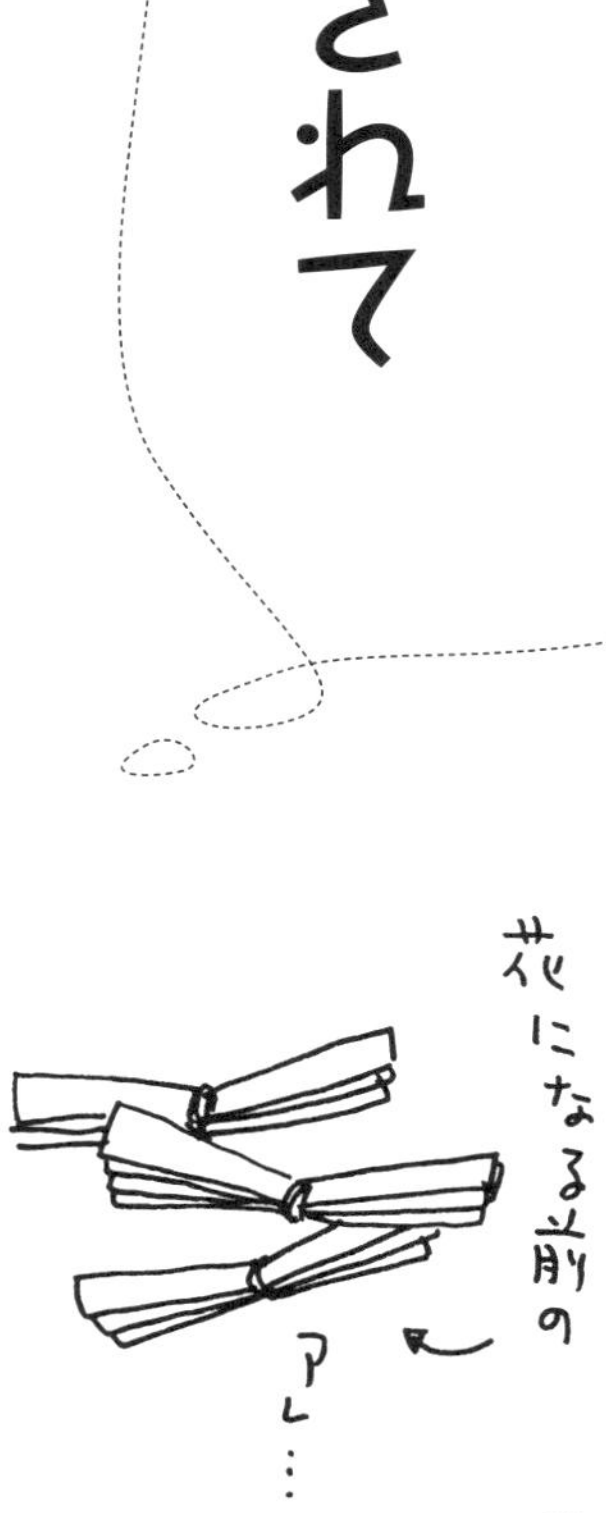

そうか、似ているのは工場の流れ作業とかあっちのほうかもしれない。ベルトコンベヤーに乗ってきたモノをちょっとクリッとして、次の人がグリリッとして、どんどん何かができていく。コンベヤーの一部になっている自分。何にも考えないでなにか同じ作業をやるのっていい。

ああ、文化祭で使うちり紙の花をモクモクと作るの好きだったなあ。無心というのか。それは登山と似ている気がするんだけど、どうだろう。山からすると人間なんてどうでもいいというあの感じも。

ちょっと違うか……。

心はすっかり遠くの山に登っていたら、番号で呼ばれて新しい免許証が渡された。ビックリするほど写真の写りが悪かった。顔はしょうがないとして、髪の毛がビュッとはねてメガネが曲がっている。

ひ、ひどい。撮ったの女の人だったよ？　少しばかりさ、「曲がってますよ」「はねてますよ」って教えてくれてもいいんじゃない？

ハッ！　わたしったら、もう人間扱いを求めているのだった。

女が「おさげ」にする時

石

原裕次郎が入院中の病院の屋上から手を振ったのっていつなんだろう。ワイドショーかなにかでその映像をわたしが見たのは、まだ実家の長野でだった。調べたら小6だった。11歳のわたしは、テレビで見る奥さんの髪形に目をむいた。おさげだった。ふたつ、顔の横にさげていた。びっくりした。

大人のおさげを初めて見た。「編み込み」じゃない「おさげ」は、子供のものであり、年頃になっても校則でシブシブ、とかそういうイメージだったし、若づくりにも見えたし、テレビに映るのがわかっているのにおさげにする理由がまったくわからなかった。こういう「わからないこと」にあうと「これは、遠い東京の話」と、「東京」の箱に入れる癖があって、さっそくそうした。「おさげ」にびっくりした、これが1回目だった。

2回目は今うちに来ているシッターさん、N《エヌ》さん（5歳上）と初めて会った時だった。わたしは妊婦で、シッター仕事中のエヌさんは長〜いおさげだった。ふた〜つ、さげていた。びっくりした。ハデな宝塚顔のエヌさんは「おさげの刑」に服役中みたいな、なにかミョ〜な感じだった。もう東京にいたので「東京」の箱に入れられなくて、エヌさんが彫りの深い顔だから「外国の人」の箱に入れておいた。

3回目はすぐやってきた。これがなんと、鏡に映った自分だった。1歳児を抱っこひもに入れて、毛糸の帽子から太いおさげを、ふたつ、さげていた。びっくりした。美容院なんてものに行く時間のない当時41歳のわたしは、のびた髪をうしろに縛ると首にかけた抱っこひもの付け外しがしづらいので前で縛り、乳児の顔にワサワサかかるので「ジャマ!」とでがけの玄関で編んで、さげたのだった。

そうなんだよ、裕次郎の奥さんは看病中だった。エヌさんはシッター中だった。自分の時間がない時、自分がどうでもいい時、女は「おさげ」になるのだ。たぶん。

何年もかかってみっつのおさげは一緒の箱に入った。忙しくて名前はまだない。カッコイイ名前にしたい。

わたしを号泣させるのは

なんだかの事故とか、どうしようもない理由で日本じゃないところに逃げなくてはいけなくなって、どうしても帰れなくなって、そこで暮らすことになって、その国の市場みたいなところを歩いていたら、ラジオ的なものから日本の曲が流れてきて「ああっ」って涙する……膝《ひざ》がガクッてなって持っていた籠《かご》からジャガイモが転がる……ダイコンでもいい。

その時のその曲はなんだ？　わたし、なにが一番泣けるだろう？　と、いう妄想がある。「そんな暇あったら仕事しろ」という声も聞こえるけど、籠から転がるのはお酒の瓶《びん》かもしれない。ヤケ酒か？　どんな酒だよ、どこの国だよ……と、妄想はつづく。

それはやっぱり好きな曲じゃないかな～と考える。サザンオールスターズかな？　サザン、好きだ。どの曲かな～と考えているうちに、いいや、意外に演歌か？　という方向に行く。童謡はさあ、ずるい。泣いちゃう。♪たんたんたぬきの～でも号泣の恐れあり。そうだよ、にぎやかかい曲のほうが泣けるかもしれない。タイトルも知らないドラマの主題歌になった歌謡曲とか。

まさかのエグザイル。でもでもやっぱり谷村新司方面の「母の背中で聞いた歌」的なにか……「みんなのうた」系とか。あっ「およげ！たいやきくん」は？　♪やになっちゃうよ～のところで涙の予感。ピンク・レディー、もしかしてシャネルズ……せっせと妄想するなか、こないだ駅に向かって歩いていたら、どこかの家から音楽が聞こえた。

「チャチャラチャ～チャャッチャララ～」

まいどおなじみ、このメロディーは、うちの洗濯機の終了音だ。ああ、きっとおんなじメーカーなんだなあ、今洗濯終わったんだなあ、と通り過ぎる。これ、毎日聞いてる。3回聞く日もある。どうでもいい機械音。短い音楽。

一番泣けるのはこういう音かもしれない。生活の音。ってことは、ちょっと「うるさいなあ」と思っている「チャラリララ～、お風呂が沸きました」でも号泣だ。

ガクッとなって、きっと膝がうんと痛い。転がるのはやっぱお酒な気がする。

12月とカレンダーとおじさん

12月になると思い出す人がいる。毎年思い出すなあ、と気づいてから、毎年思い出すことになってしまった。それはサンタさんでもなく、サンタという恋人でもなくて、知らないおじさんなのだった。正しくは「知っている知らないおじさん」なのだが……。

20代のころ、短大で一緒だったHちゃんと京都に行った。Hちゃんとはタイにも行ったことがあって、**一泊320円**……だったかな？　いや420円だったか？　すごい安い宿に泊まって、安いおいしいものを食べた。

京都もそういう旅だった。

宿は、人んちの一室に泊まるシステムで、外で舞妓《まいこ》さんが出勤する下駄《げた》の音がする旅館……じゃなくて人んちで、素泊まりなのになぜか、朝はその家のお母さんとコタツに入ってトーストを食べた。

Hちゃんのお友達が京都出身で、飲み屋さんを教えてくれて「そこの煮ダコがやたらうまい。お父さんが言っていた」らしい。探してやっと見つけた。

ちょっと小料理屋さんぽい。ガラッと（ほんとうにガラッと）入ったら、

ワイワイとしていた皆さんがワッとこっちを見た。わたしたちのような若い（当時）ムスメはいない。煮ダコをたのんだら、お店の人が「なんで、どうして、２人はここに来た？」と言った。

Ｈちゃんが「○○さんの娘さんから聞いて東京から来て……」の瞬間、ガラッと（ほんとうにガラッと）、来年の新しいカレンダーをクルクル丸めた筒状のを会社の紙袋に３本さした背広のおじさんが「今日は挨拶《あいさつ》に寄らせていただきました〜〜」と入ってきた。

お店の人と数人のお客さんが、ヒエエ〜と「○○さん！」「あんたはんにお客さんだすえ〜」と言ったか言わなかったか……。その「知っている知らないおじさん」と飲んだ。

たぶんまだ残りのカレンダーを配らなきゃだと思うんだが、飲んだ。「娘は元気ですか」「元気です」なんつって。

12月だった。で、12月に思い出すのだった。お名前も忘れてしまったが、カレンダーは絶対３本だった。ガラッとあけて入ってきたのだった。

父を苦しめる「二重の賭け」

長野の父親が苦しんでいた。苦しみのタイトルは「二重の賭け」というらしい。なんか推理小説のようである。

「リサが朝日新聞に載るの、2週間に1回だろ?」

父からその電話である。畑からかけている。

「で、うち、朝日新聞とってないだろ?」

あ、す、すいません、地元の新聞とっててゴニョゴニョ……。

「で、土曜日の朝コンビニでさ、立ち読みできないから買うじゃん」

じゃん、というのは方言である。念のため。

「益田ミリさんの時と、伊藤理佐の時があるじゃん」

1週間たったのか2週間たったのか、そんなの忘れてしまうらしい。ムスメだと賭けに勝ったということらしい。

「で、ムスメの回買えた〜って、読み始めるだろ?」

ハーッとため息。

「すると、読んでも意味がサッパリわからない時があってさ。わかるかな〜って毎回ドキドキよ。この二重の賭け、苦しみ、わかる？」

だって。わ、悪かったね。

話が「益田ミリさんの方を買って、おもしろく読んでしまった父の苦しみ」と続くなか、あれ？　わたしも「二重の賭け」みたいのがあるなあ。なんだっけ……？

『二重の驚き』は
体験済の
母・・・
きょねん
東京で
太った
ふたりの
ムスメに
再会…
長女
三女
しかも なんと ぐうぜん
同じワンピース!!
(色ちがい…)

週刊文春に「おんなの窓」というヒトコマ漫画を連載しているのだが、連載100回、200回、300回……と、100回ごとに、初代担当さんがハガキをくれる。初代さんは当時新卒で「若気のいたりで100回の時出しちゃったからやめられなくなった」とか「こんなに続くとは……」とかいろいろあるんだろうけど、忘れずにくれる。

そして、400回あたりからだと思うけど、いただいた数日後、どうしてだか、わたしは旅行に出ていて、筆まめ0%なのに、旅心というのか、旅先っぽいハガキを買ってお礼を書いて旅先のポストに入れる。

６００回がもうすぐなので思い出したのだった。

計算したら36歳くらいになっている担当さん（ひ～！）。約２年に１回のハガキを忘れずにくれるだろうか。そしてわたしは旅に出ているだろうか。

「二重の賭け」に父のようにドキドキしている。

長女どうし？

てんしんらんまん？
な、トラを見て
を～ん
心をとざしがちなマツ…
…
わかる
わかる
長女だもんねぇ
長女ってそうだもんねー
長女ってさー
うんうん
わたしも
長女だからー
ウザそうだが？

やりなおしたい…あの日

先日、生意気なことに「トークショー」なんてものをやり、来てくれたみなさま、ありがとうございます。３００人ものモノ好きな方が……嘘《うそ》です、ありがとうございました。

その日、質問コーナー的な時間があり、メガネをかけた一番うしろの列の男の人が手をあげて、

「男の下ネタは、どこからセクハラになってしまうんでしょうか」

と、メガネをキラリと光らせた。わたしもメガネをピカリと光らせて、

「自分のチンチンのことは言ってもセーフ、目の前の女の人のオッパイのことを言ったらアウトではないでしょうか」

と、マイクで答えた。その時点で「どーいうトークショーだったんだよ！」という声が聞こえますが、その日の夜、わたしは激しく後悔していた。なんてつまらない答えだろう、そして「それ、セクハラになっちゃうよ！」と。メガネの人、会社で言ってないかなあ、と。その日から、なにがセクハラでなにがセクハラじゃないのか真剣に考えた。そして２週間後、答えを思いつ

いたのだった。

それは**「金玉半分」**ではないだろうか。落語のほら、……ん？

調べたら「金玉医者」で、自分にひっくりかえりましたが、それは「お医者さまが半分出して治療していたら娘が笑って病気が治りだして、喜んだお父さんがふたつ出したらビックリして倒れちゃって……」という噺《はなし》。

「半分くらいが良く、全部だしたら毒、薬が効きすぎた～という落語です。セクハラの一線はここらへんじゃないでしょうか。キラリ（メガネ）」

と、答えるわたし。よーし、いいぞ、あの時に戻ったらこう言うぞ！　と、腕をまわしたとたん、最前列に座っていた小学生の女の子を思い出した。

隣にはお母さん。大きな目でこっちを見ている。

ああっ、だめだ、言いすぎだ！　でも、いや、もう他にもいろいろ言っちゃってたし、あの子なら大丈夫！　って、その根拠は？！　ああっ……。

と、このように、わたしはあの日を何度もやりなおしている。

パヤ〜ン♥な時は短くて

「すごい美形ですねえ！」
え？ 自分のことではないとわかっているので、キョロキョロすると、うしろに猫がいるのだった。宅配のおにいさん、ヤクルトのおねえさん、ちょっと怒っている編集さん、みーんなが、うちの猫を「美形」と言う。「かわいい」でも「きれい」でもない、もう一山向こうの「美形」。

マツ（♀）。まだ子猫といってよい。人間でいうとセブンティーンくらいだろうか。わたしもウスウス気づいていたけど、これだけ言われるんだから間違いない、うちの猫は美形なのだ。自分が産んだワケないけど、なんかうれしい。「野良なんですけどネ〜」と言いながら、うれしい。うちの猫が美形。つまり、うちの子が美形。わたしは甘〜い気持ちになっていた。擬音語《ぎおんご》にすると「パヤ〜ン♥」でしょうか。

この初めての気持ち……パヤ〜ン♥

子供のころから「美形」と関係ない人生だった。住む星が違う感じだ。ムスメ6歳も「かわいい」かもしれないけど「美形」ではない。18歳で死んだ

アイラインばっちり。
♪肩にコートをはおった柄♪と呼んでいます。
着てないのー

先代猫の2匹もかわいかったけど「美形」じゃなかった。初めての「家の中に美形のある暮らし」だ。ああ、アイドルとかモデルの子供を持つ親って、こういう気持ちなのだろうか。

しかし、人間て恐ろしい。うちの子が（猫だが）「美形」と呼ばれることに慣れてしまい、言われる前に「それほどでも」とお決まりのセリフを言ってしまいそうになったり、言わない人には「言わないなあ、この人」なんて思っていたのである。人間て恐ろしい（2回目）……。

そんな間に、マツは太って丸くなった。貫禄《かんろく》がついたというか、少女がハタチになった感。よくある柄《がら》だから、日めくり猫カレンダーにそっくりな猫がいっぱいいて、ムスメが切り抜いて壁に「そっくりコーナー」をつくってどんどん貼っている。マツがいっぱい。「マツは特別じゃないコーナー」になっている。

「美少女だったのにねえ」

こんな気持ちまで味わっている。擬音語に……できない。マツはカフッとあくびをしている。

集合写真の才能がない…

このあいだ、集合写真を撮った。飲み会の10人弱だったけど全員で。ふと、このメンバーで集まるのはもう最後かもしれない、と思った。

遠い所に住んでいる人もいたからだが、おセンチな気持ちと一緒に「これからは集合写真、もっと撮りたいなあ」とシミジミとした。

しかし、集合写真は思っているよりむずかしいのだった。まず、なんといっても撮るのを忘れる。うしろに美しい山とかデカイ海があれば思い出しやすいんだけど、じぶん家《ち》で飲み会などだと、なかなか思い出せない。つまり、わたしに集合写真の才能がないっぽい。

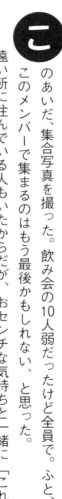

お酒のせいもある。元気なだれかが「おっ、みんなで撮ろう」となっても「え〜、今？」と言う奴《やつ》が必ずいる。それが酔ってる自分だったりするのだ……‼「まあまあ」と言われて、そいつの重いお尻が上がっても、次に「わたし、いい」と言い出す猛者《もさ》？が時々いる。「年だから」とか「キライなの、写真写りが悪いから」とか言う。

うちの母が毎回このタイプで、全員じゃないと集合写真の価値が下がるか

ら「そんなことないヨ〜」などと説得しなければいけない。親子でなにやってんだ。

そんなのを乗り越え、めでたく撮ることになっても、撮る人が1人写らない。交代しても1人写らない。三脚《さんきゃく》を出すのは大げさな気がする。いい高さの椅子《いす》とか棚を使って、と思うが、カメラの設定にてこずり、その待たせている空気に勝てない……とか思うと、「撮ろう」と切り出せない。頑張ってすべてをクリアしても、三脚を出してみても、なんということでしょう、自分が目をつむったりしてるのである。

ああ、修学旅行の時なんかの強制的なのが懐かしい。みんなで撮るのにピッタリだ、あのシステム。「笑って！」と命令してくれて、年月日、場所もハッキリ印刷、目をつむってもそれは運。素晴らしい。あんなふうに仕切ってくれる人がいればいいと思う。しかし、類は友を呼んでいるのでなかなかそうはいかない。むずかしい。

山菜、おいしいカンジ!?

5

5月の連休、長野の実家で、とれたての山菜をたらふく食べてきた。天ぷらだった。1年分食べた。のに、帰ったらすぐ、長野から山菜がドーンと届いた。リンゴの段ボール箱の大きさで。おーーい、お母さーん！

わたしは玄関で長野に吠《ほ》えた。

「送らなくていい、って言ったのに！」

1年分食べたからいいってさあ！　と、ブツブツしながら開ける。段ボールのきれっぱしに母からのメッセージが書いてある。そのなかに、

「こし油?は、天ぷらもいいけど、おひたしもおいしいよ」

とあった。この「?」は、**「コシアブラ」**と呼んでいる山菜を「こし油」と漢字で書いてみたけど、さて、ハテナ、正しいかよく知らん、という意味だ。そうか、コシアブラは、天ぷらにすることが多いので、なんだかよく考えずに「油」のイメージだけど、他の意味かもしれない。

山菜の時期、実家ではコシアブラとしょっちゅう口にするし、耳にもするんだけど、目で「字」を見ることがないのだった。田舎ではこういう単語が

今回は諏訪の御柱祭に参加するのが目的で…
よいさ よいさ
本宮 五
子供用

多い気がする。他にも、

「キノコのシロ」

っていうのがあり、父がよく使うのだが、山でキノコのはえる場所、菌の元、根っこ……みたいな意味で、ある日ふと「シロ」を連発している父に、

「シロは『城』なの？」

と聞いたら、ハア～ッと、

「そういえば字、知らない。意味、考えたことない」

と目をむいていた。キノコの菌は白いから白とか？　ハテナ。ここでネット検索すると、コシアブラもシロも、カタカナかひらがなだった。

「他にもこういうの、ないか？」

で、思いついたのは「ジゴボウ」。キノコ。うまいです。見かけは茶色で地味だけど大人気。ネット検索したらカタカナひらがなが多いなか、「時香坊」とひとつ漢字が出てきた。別のおしゃれなキノコみたいだった。コシアブラと一緒に入っていたタラの芽、山ウドを揚げて食べた。おいしいけれどやっぱり食べ切れない。母の手紙を台所に貼ってみた。ちょっと味が変わった。

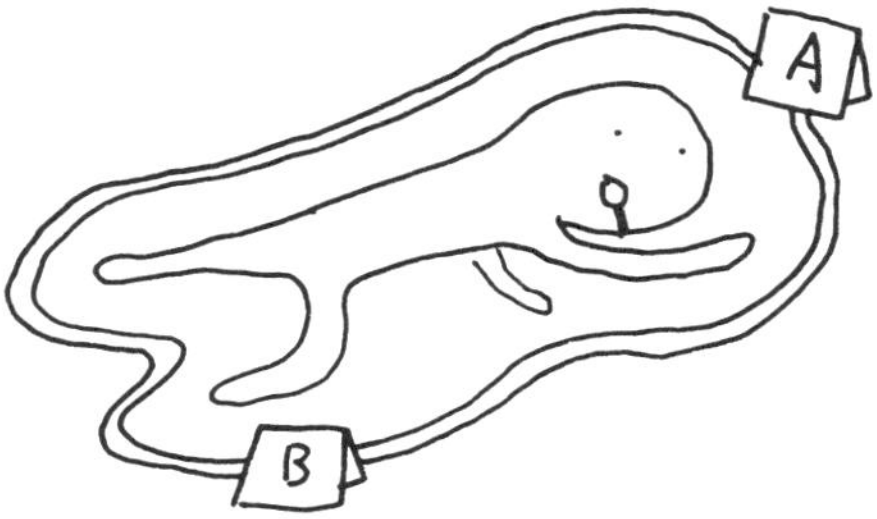

漫画家・ウォーキング殺人事件

やったりやらなかったりなウォーキングをしていた。

といっても「運動中！」みたいなちゃんとした格好《かっこう》じゃなくて、さっき仕事していたまんま。着替えるのが面倒くさくなるとやらなくなってしまうので、まあ、ただの散歩しているオバサンなのだ。

いつも同じ道を歩いてしまう。行って戻ると30分なコース。いつもおんなじ風景。

が、今日はちがった。ちょっと前のアパートから、ものすごいあわてたオジサンがとび出してきたのだ。

オジサンは、ふりかえりながら小走りで、もう一回ふりかえりながら早歩きで、わたしの先を行く。駅へ向かっている……？　あっちからくる犬を連れたオバサンも、その人を不審そうに見ている。

（も、もしや……）

ドキンとした。オジサンの服装、年齢、髪形をじっと見た。

「灰色っぽい上下、白い運動靴、50歳後半、白髪まじりのクルクル」

と確認。時間は？　ケイタイをのぞくと16時ちょっと過ぎ。そうだ、身長は？　小走り中のオジサンのアタマの高さを、電信柱の貼り紙の位置で記憶。警察に聞かれてもいろいろ答えられそうだ。想像する。「よく見ていましたね」と刑事。手帳にメモしている。「その人、とても慌《あわ》てていたんです。変だなあと思って……」と答えるわたし。

「あ、犬の散歩中の女の人とすれ違いました。その人も不思議そうな顔して」。刑事は「その、犬種わかります？」と、上目《うわめ》遣《づか》い。「小型犬です。ムクムクした茶色いやつ」。うちは猫なんでちょっとわからないんですけど、と言うと、「失礼ですがお仕事は？」「漫画家です」。あ〜、と刑事さんがうなって「どうりで」なんつって、猫も理解され、観察力をほめられる。「いつも同じコースをウォーキングしてて」。いや、サボり気味だってば。「よく見てたなあ」とヨシダサンにも感心されてさ、呑《の》み会でもこの話、盛り上がるぞ。ふっふっふ。

しかし近所で殺人事件が起こったというニュースを探してもまったくない。逆に「殺人だったのか……！」と自分にびっくりするのだった。

手ブラで
ニヤニヤ、ブンブン
しているオバサンこも
そうとう
アレ
なんです
けどね…
ふっふっふ
わんっ

「最っ高ー!」のトラウマ

むかしむかし、長野県の松本に、桑田佳祐の「KUWATA BAND」がコンサートしにきたことがあった。わたしは同じ長野県の少し離れた諏訪《すわ》市の高校生じゃった……と、言いたくなるような若い頃。同じ美術部の女子、Aちゃんが、

「チケットが2枚取れたんだけど一緒に行く?」

と言った。わたしは飛び上がって「行く!」と即答した。どうしてわたしなんかを誘ってくれたかは覚えていない。Aちゃんとはぜんぜん**仲良くなかった**のだ。サザンオールスターズが大好きだったわたしが、桑田佳祐が好き、と言ったに違いないんだけど、そういう話をする仲でもなかった。今となっては謎なのだが、とにかく、とにかく、2人でコンサートに行った。

なんと、1階の4列目だった。桑田佳祐がドアップだった。わたしはその夜、好きな音楽に体をのせるという初体験をすました。楽しすぎて、盛り上がりすぎて、どうなっちゃったかというと、帰り道、わたしとAちゃんは手をつないで歩いていた。何も言わないまま、月が出ていた。きれいだった。

帰りは約60キロはなれた村…
夜おそくて駅までむかえにきてもらったんだよね…？
親を説得して出かけたんだよなあ…
ニャー！
おぼえていない…
それが青春…

Aちゃんも盛り上がっちゃっていた。電車の時間がギリギリだと気付いて、手をつないだまま走った。着いたホームでハアハアしながらゲラゲラ笑って、なんか、今が青春ぽかった。桑田佳祐を浴びた最高の２人、だった。

それから。

Aちゃんと仲良く……は、ならなかった。わたしたちは最高の夜から帰ってきたただの高校生に成り下がっていたから。あの瞬間を超えられなくて、いや、超えなくてもいいんだけど、あの夜の楽しい２人じゃなさすぎて、つまらない通常営業の自分が恥ずかしすぎて、Aちゃんを失望させてしまうのではないか的な。Aちゃんも同じ考えのようだった。あまり話もしないまま卒業した。

それからだ。わたしは「最っ高！　に楽しい！」状態が少し怖い。なんちゅうトラウマだ。すごーく盛り上がっている時、ふっと見ると、坂を下ったあしたの自分が今日の自分を見上げている。

冷たーい、細ーい、目なのだった。

「ドブ川に捨てる力《りょく》」

同い年、仲がよい「オトナ女子」と、

「なぜわたしたちは今も仲がよいのか?」

というハナシになった。18歳の頃から知り合いだ。わりとすべてを見せて、すべてを見てきた。若気のいたり、思い上がり、恋愛の失敗、変な服装……から始まり、働き先でのつまらん嫉妬《しっと》、**黄色い妬《ねた》み**（どちらも自分発のモノ）等々、最近では、軽く芸能人のどうでもいい悪口から始まって、汚れた本音、ちょこっと暴言、ドス黒い失言……などなど、会うと「しゃべりすぎた……」と反省して家に帰ってくるんだけど、どんなに言っても、聞いても、大丈夫だった。なぜだろうか。2人でいきついた答えは信じられないシロモノだった。それは、

「ドブ川に捨てる力《りょく》、があるから」

だった。ドブ川に捨てる力。老人力、的な。

あ、コイツちょっと言いすぎてるな、と思ったら、その意見をパーン！　と、横を流れるドブ川に叩《たた》き流してあげるのだ。それは目に見えない川で、体の

すぐ横を流れている。なんだか、清流ではない。魚などいない。イメージは側溝みたいな昔のドブ川だ。でも、なぜか流れに勢いがある。あ、タニシくらいはいるかもしれない。流れの先に受け取り用ザルはしかけていない。一度流したら、さようなら、だ。

「海……じゃなくて処理場にいくのかな？」

「たぶん、きっと」

「いつもありがとう、受け止めてくれなくて」

「こちらこそ、ドブ川に捨ててくれてサンキュー」

「あ、聞き流すって、ここから出た言葉じゃない⁉」

「水に流す、もね！」

マスターの（ちげーーよ！）という心の声が聞こえた。そうなのです、飲んでいるのです。二軒目なのです。ワインです。しかしさ、仲のいい理由が「ドブ川に捨てる力」ってなんだかすごいな、でもさ、この力が最近みんな弱いんじゃない？　忘れる力っていうかさ、ネットの「忘れられる権利」って、この川のことじゃない？　きっとそーだ、そーだ！　と、今夜もたくさん流して帰ってきた。

はたいた手が痛い。

ステキな猫さんにゃはっ

しゃべりません…
をーん
まだ若くてわたしにつっこみを入れられないようだな…
しかし、まあ、
へしょっ
こうだったのが
こうなって…
をーーん
ある日…
うでまくら

……
おひる（ソバ）
ねぇ、あのふたり
結婚したね。
夫婦になったね。
ブッ
えぇ!?
いや、イヤラシイイミじゃなくて
正確にはヒニンもキョセイもしたし
精神的に。男と女に。
…
…
見にいくです…

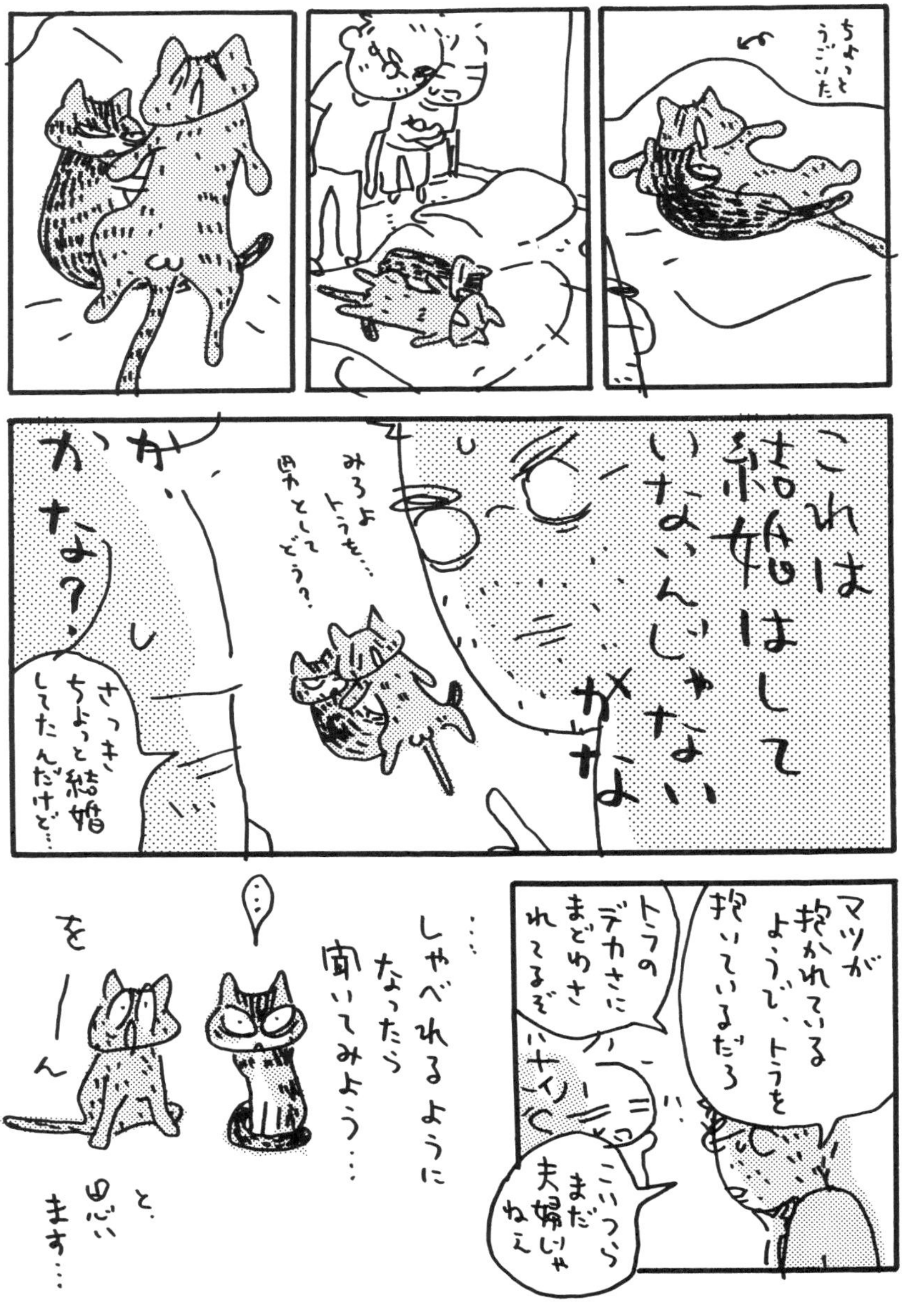

ちょっとうごいた
これは結婚はしていないんじゃないかな
みろよトラを… 男としてどう？
かっかなァ？
さっきちょっと結婚してたんだけど…
マツが抱かれているようで、抱いているだろトラを
トラのデカさにまどわされてるぞ
こいつらまだ夫婦じゃねえ
…
しゃべれるようになったら聞いてみよう…
を一ん
と、思います…

あとがき

の、ようなもの…

数えてみると…

漫画家
デビューして
30年 めだったのです・・・
えっと・・・
30・・・
あれから
・・・30ねん？
オウ、
ん？
いいこと
だよね？
あれっ、ホントに？
たいそう中
さんぽ中
なぜ、
てばなしでよろこべないのか
30年・・・
よんでいただいてありがとうございます。
中山美穂と
同い年、
伊藤理佐・・・
2017ねん

伊藤理佐（いとう りさ）

1969年生まれ、長野県諏訪郡原村出身。デビュー作は87年、「月刊ASUKA」に掲載された「お父さんの休日」。2005年、『おいピータン!!』で第29回講談社漫画賞少女部門受賞。06年、『女いっぴき猫ふたり』『おんなの窓』など一連の作品で第10回手塚治虫文化賞短編賞受賞。ほか代表作に『やっちまったよ一戸建て!!』『おかあさんの扉』などがある。07年、漫画家の吉田戦車さんと結婚。10年、第一子出産。15年、マツ（メス猫）が家族になり、16年、トラ（オス猫）も家族になる。

ステキな奥《おく》さん あはっ 2

2017年7月30日　第1刷発行

著者　伊藤理佐
発行者　友澤和子
発行所　朝日新聞出版
〒104-8011　東京都中央区築地5-3-2
電話　03-5541-8832（編集）
03-5540-7793（販売）

印刷製本　株式会社 光邦

Published in Japan by Asahi Shimbun Publications Inc.
ISBN 978-4-02-251479-0
定価はカバーに表示してあります。

＊本書は、朝日新聞の連載「オトナになった女子たちへ」（2014年9月～17年1月）から一部エッセーを抜粋し、加筆修正したものです。